I0544156

L'ultimo granello del mondo

Flavia Idà

copyright © 2019 by Flavia Idà

Tutti i diritti riservati.

Nessuna parte di questo libro può essere riprodotta o
trasmessa in alcuna forma o con alcun mezzo, meccanico o
elettronico, tranne che allo scopo di recensione e/o di
riferimento, senza l'esplicito consenso scritto dell'editore.

Copertine realizzate da Niki Lenhart
nikilen-designs.com

Pubblicato da Paper Angel Press
paperangelpress.com

ISBN 978-1-949139-29-7 (Trade Paperback)

10 9 8 7 6 5 4 3 2

Per ulteriori informazioni sull'autore e le sue opere
visitare il sito *flaviasvoice.com*

A mio nipote Benjamin

Ringrazio il mio editore Steven Radecki per avermi spronato a scrivere il libro, e il grafico Niki Lenhart per un'altra bella copertina.

Ringrazio inoltre Domenico Capano per i suoi apprezzati suggerimenti sul testo.

CAPITOLO PRIMO

Un'altra notte in cui il mondo sembrava così bello che quasi avrebbe potuto convincerla fosse opera di creatori. La luna piena era sospesa nel cielo senza nuvole, gocciolando argento sulla nera distesa del mare, e i pini s'ergevano alti sotto una folla di stelle. Se il mondo era opera di creatori, si chiese, lo avevano creato perché erano soli?

Illuminate solo dall'arco rosso del faro di segnalazione che pulsava dalla porta d'ingresso, vedeva le forme oscure delle case sorgenti accanto alla sua lungo la scogliera, non una luce accesa nelle finestre. Era proprietaria di tutte quelle case. Se ne avesse avuto voglia, avrebbe potuto trascorrere ogni giorno in una diversa.

Ogni casa aveva le sue attrattive, ogni abitante le aveva fatto un lascito. Gli abitanti della casa dietro l'angolo le avevano lasciato una trapunta fatta a mano, quelli della casa dirimpetto all'asilo un armadietto delle spezie completo di tutto, quelli della casa vicino all'ufficio postale un pianoforte a coda. Non poteva far uso di tutti i lasciti, ma se li desiderava erano tutti suoi. Era la donna più ricca del paese.

Come s'era fatto silenzioso il mondo. Niente più clacson d'automobili, niente più canti d'uccelli, niente più risa di bambini. Niente più sirene d'ambulanza urlanti giorno e notte per chilometri intorno. Accese il dispositivo audio portatile. Una cascata di note stupende, antiche di secoli, si riversò in ogni angolo della casa. A volte teneva il dispositivo audio sempre acceso. Non aveva altre voci umane che quelle dei cantanti; senza di esse avrebbe perso la ragione.

In un angolo del salotto v'era il televisore, sordo e muto. Niente più film, niente più cartoni animati, niente più documentari, niente più previsioni del tempo, niente più eventi sportivi. Niente più notizie. Quando il mondo era un nido affollato si era chiesta se, librandosi nello spazio, si sarebbe sentito un anello auditivo attorno al pianeta, l'incessante ronzio di miliardi di anime e miliardi di macchine che parlavano tra loro.

In un angolo della scrivania v'era il computer, una volta re degli strumenti e poderoso messaggero della terra. La rete vasta quanto il mondo non aveva più punti da connettere. Ma il computer era ancora utile per scrivere; forse avrebbe potuto usarlo per scrivere un diario, alla maniera dei naufraghi abbandonati su isole deserte.

Non aveva mai sentito il desiderio di scrivere un diario. Assieme a tutti gli innumerevoli bisogni di ognuno che fosse mai vissuto, provava il bisogno di avere uno scopo. Ora l'unico suo scopo era preservare la propria esistenza; narrare la cronaca dei ridotti, insignificanti compiti da assolvere per preservare la propria esistenza le sembrava tempo sprecato. E chi avrebbe letto il suo diario?

Conosceva storie di naufraghi abbandonati; le conoscevano tutti. Gli esseri umani, creature sociali per eccellenza, erano affascinati dalla congettura di cos'avrebbero fatto se fossero stati privati della reciproca compagnia. Una storia narrava dell'unico superstite di una ciurma annegata, un'altra dell'unica superstite di una tribù estinta; entrambi erano riusciti a resistere finché non erano stati salvati, vari anni dopo. Non avrebbe mai immaginato che lei sarebbe rimasta naufraga su un'isola deserta comprendente l'intero pianeta.

Se mai avesse deciso di scrivere un diario, sapeva come lo avrebbe cominciato.

Sono femmina, di trentadue anni. Vivo nell'ultimo granello del mondo, in cima a una scogliera che s'affaccia su un mare sterile. Il mio nome non è importante. Non c'è nessuno che mi chiama per nome. La mia razza non è importante. Non ci sono più razze. La mia nazionalità non è importante. Non ci sono più nazionalità. Sono trascorsi dieci mesi, tre settimane e cinque giorni da quando sono stata nominata custode del pianeta. Tutte le macchine sono morte. Tutti gli orologi si sono fermati. Non so perché la pestilenza mi abbia risparmiato. Mi ha portato via tutti coloro che amavo, tutti coloro che odiavo e tutti coloro che non ho mai conosciuto. Non passa giorno che non penso di togliermi la vita. Ciò che continua a farmi respirare è la speranza che io non sia l'unico custode del pianeta.

Andò nella cucina, illuminata come tutte le altre stanze da potenti torce elettriche che aveva avvitato ai muri sotto gli angoli del soffitto. Da quando era rimasta sola aveva preso l'abitudine di parlare tra sé.

«Hmmm … Mi va di cucinare stasera? No, stasera no. Faccio solo una tazza di tè e … Cos'altro prendo? Dei biscotti, sì, e delle pesche.»

Versò nel bollitore dell'acqua imbottigliata e accese uno dei fornelli della cucina portatile. Dalla credenza prese un barattolo di pesche, dal cassetto il suo utensile da cucina più importante, l'apriscatole. Controllò la data di scadenza delle pesche: ancora buone per più di sette mesi. Sull'etichetta del barattolo c'erano due sorridenti coltivatori in un frutteto e le frasi Tutto Naturale e Senza Pesticidi. Non che facesse alcuna differenza: niente più coltivatori, niente più pesticidi, niente più problemi. Canticchiò il motivetto pubblicitario che aveva invogliato alcuni acquirenti a comprare quella marca di pesche in barattolo invece di un'altra.

Ricordava il sapore delle pesche di stagione, la loro buccia rosea e lanuginosa, il loro succo dolce. Le mancavano i cibi freschi — il latte in bottiglie gelate, il tonno crudo che sapeva di mare, la torta di mele appena sfornata, i pomodori maturi profumati col basilico. Le mancava tutta la vita fresca.

Le posate erano di plastica, le stoviglie di carta. L'acqua era troppo preziosa per essere sprecata lavando metallo, ceramica e vetro. Usava solo il bollitore, una pentola e una padella, e li puliva con tovaglioli di carta. Una cosa che non le dispiaceva lavare con l'acqua era la sua tazza preferita, di porcellana bianca con su scritto il nome della sua università a lettere d'oro. Non era mai stata il genere di persona che s'attacca agli oggetti, ma se avesse perso la tazza si sarebbe addolorata come uno può ancora addolorarsi dopo aver perso tutto il resto.

L'acqua bolliva. Ne versò nella tazza sulla bustina di tè, mise su un vassoio la tazza, i biscotti, le pesche e un cucchiaio, e andò a sedersi sul terrazzo. La luna era calata in quei dieci minuti o pressappoco. Non si mostrava più al di sopra dei pini ma dietro di essi, un cerchio luminoso e lontano attraversato dai loro neri rami sovrapposti. Se per quei dieci minuti avesse guardato solo la luna, l'avrebbe vista calare ad occhio nudo. Mio Dio, si stupì, la terra gira così velocemente? C'era da impazzire a pensarci.

Il tè era fragrante, le pesche non sapevano troppo d'alluminio, i biscotti non erano troppo raffermi. Mangiava e beveva lentamente, assaporando la brezza notturna, ascoltando le campanelle eoliche e il mare che non dorme mai. Poi tornò dentro e chiuse la porta del terrazzo. Non aveva da temere pericoli provenienti da esseri umani o da animali, neanche una puntura di zanzara, ma era un'abitudine che ancora adesso la faceva sentire più al sicuro.

Gettò in un'unica busta della spazzatura il barattolo di metallo, il cucchiaio di plastica, il piatto di carta e l'involucro di cellophane, poi lasciò la busta nella pattumiera fuori la porta d'ingresso. Non c'era più bisogno di raccolta differenziata, ma usava ancora solo buste di plastica biodegradabile. Odiava gettar via gli avanzi ma non aveva scelta, non potendoli conservare in frigorifero né darli da mangiare ad animali.

Domani avrebbe cucinato; forse avrebbe preparato il basmati con lo zafferano che la vicina di casa non aveva avuto tempo di preparare. Lo zafferano era stata la spezia più costosa del mondo, che aveva acquistato soltanto per preparare piatti speciali. Adesso poteva avere tutto lo zafferano che voleva, ma lo usava ancora di rado, perché rimanesse speciale.

Ora d'andare a letto. Come tanti altri giorni, aveva trascorso gran parte del giorno pedalando in bicicletta, camminando e trasportando pesanti provviste; le provviste da prendere l'indomani sarebbero state più leggere, ma avrebbero richiesto altro pedalare, altro camminare e altro trasportare.

Nel bagno, la vasca che non poteva più usare era ingombra di contenitori d'acqua imbottigliata, l'acqua più pura con la quale si fosse mai tirato uno sciacquone; alcuna proveniva da sorgenti alpine di paesi situati all'altro capo del globo terrestre. Si pulì con salviette da ospedale e si asciugò con un asciugamano di spugna. Gli asciugamani erano l'unico oggetto casalingo fatto di stoffa che ancora usava. Ne aveva in quantità, e ragionava che venivano usati per asciugare corpo e viso puliti, quindi non si sporcavano al punto di dover essere lavati troppo spesso.

Aprì l'armadietto, evitando attentamente di guardarsi allo specchio per non vedere i risultati del doversi tagliare i capelli da sé. Nell'armadietto conservava un rossetto e un tubetto di mascara. Non si truccava più, ma non voleva disfarsi di quei due ultimi articoli acquistati.

Avanzavano solo tre pillole di sonnifero. Domani doveva passare subito in farmacia. Dopo l'acqua e il cibo, il farmaco era la sua terza priorità. Prima non ne aveva mai avuto bisogno, ora non poteva più farne a meno. Gli era grata nella stessa misura in cui lo aveva in odio. Ogni volta che lo prendeva era costretta a ricordare che a tutti gli effetti era drogata. Non era un farmaco prescrittole da un dottore; le era stato prescritto da ciò che aveva fermato il mondo e distrutto la sua pace.

Ingoiò la pillola con un sorso d'acqua. Il farmaco faceva effetto rapidamente. Le risparmiava l'angoscioso intervallo di tempo tra il punto in cui non poteva più distrarsi facendo le cose di oggi e il punto in cui non poteva ancora distrarsi facendo le cose di domani; il tempo in cui tutto ciò che non poteva cambiare l'assaliva a tradimento. Spense il dispositivo audio e s'addormentò.

Accanto alla porta d'ingresso, il faro di segnalazione continuava a pulsare, come faceva senza interruzione da dieci mesi, tre settimane e cinque giorni.

CAPITOLO SECONDO

S I SVEGLIÒ QUANDO NON AVEVA PIÙ BISOGNO DI DORMIRE, come si svegliava sempre adesso che non era più legata ad orari. La prima cosa che faceva ogni mattina era controllare il faro di segnalazione. Il faro l'avvertiva con ampio anticipo quando occorreva cambiare le batterie; quel rituale mattutino non era necessario, ma le dava sicurezza. S'infilò le pantofole e andò ad aprire la porta d'ingresso.

Da un punto sconosciuto le giunse all'orecchio il lamento di un bambino che piangeva. Erano più di dieci mesi che non sentiva la voce di un essere umano vivente, ma nessuno dimentica la voce di un bambino che piange. In un attimo, tutto il resto smise d'essere importante.

Riusciva appena a indovinare la direzione dalla quale proveniva il pianto. Corse affannosamente su e giù per la strada, cercò tutt'intorno alla casa.

«Dove sei, dove sei?»

Poi la vide: una bambina che singhiozzava in mezzo alla via.

«Dio mio …»

Senza neanche guardare in viso la bambina, l'abbracciò, piangendo anche lei.

«Dove sono i tuoi genitori? Hai nessuno? Ti sei persa, ti sei fatta male? Come ti chiami?»

La bambina teneva china la testa, senza dire parola.

«Va bene, va tutto bene. Ora sei con me, non sei più sola. Mi prenderò cura di te, ti terrò al sicuro …»

Prese la bambina per mano e s'avviò verso casa. La manina calda stringeva forte la sua. Era così tanto che non sentiva un tocco umano. Indicò la casa.

«Vedi? È là che andiamo. Ora sei al sicuro, ora sei con me.»

Poi sentì che la manina scivolava via dalla sua. Si voltò: la bambina era scomparsa.

Si svegliò ansante. Era stato uno di quei sogni troppo vividi che già conosceva, il più insidioso effetto collaterale del sonnifero. Batté il pugno sul comodino. Come detestava il farmaco; sapeva sempre trovare l'angolo più profondo del suo dolore. Era lei la bambina indifesa, una creatura spaurita che cercava di confortare se stessa. Il prezzo del sonno era l'orlo della follia, e lei doveva poter contare sulla propria mente; non aveva altre menti su cui contare. Quando si fu ripresa, s'infilò la vestaglia e s'alzò.

Dormiva sul materasso spoglio, sotto una coperta ma senza lenzuola. Teneva le tende sempre aperte e le persiane sempre alzate: non aveva bisogno di nascondersi da occhi indiscreti, ma aveva bisogno di tutta la luce che entrava. Sul comodino v'erano il dispositivo audio, un bicchiere d'acqua e un libro che aveva cominciato a leggere un paio di giorni prima. Un tempo là teneva anche la sveglia, quella sveglia che a volte aveva odiato.

Sul comodino accanto al lato opposto del letto v'era il paralume rovesciato di una lampada che in passato era stata sulla scrivania accanto al computer. Quando la lampada era divenuta inservibile, aveva svitato il paralume di vetro smerigliato e vi aveva messo dentro la piccola collezione di fossili trovata anni prima durante un'escursione in montagna.

Ancora scossa dal sogno, andò a controllare le batterie del faro di segnalazione: rimanevano undici mesi, ma lo sapeva già. Indugiò sulla soglia aspettando di sentire una bambina piangente, eppure consapevole che ciò era assurdo. Tornò dentro e accese il dispositivo audio. La voce della cantante, tersa come una campana di cristallo, era carica di un rimpianto che non guariva.

Andò in cucina. Era rimasta a corto di caffè fresco, e preparò quello solubile. Il sogno le aveva tolto l'appetito, ma aveva bisogno di energia. Prese dalla dispensa due barre di nutrizione, le mise su un vassoio assieme al caffè nella tazza bianca e oro, e andò a sedersi nel suo angolo preferito, la sedia a dondolo accanto alla finestra.

Una volta mangiava guardando la televisione. Il divano e la poltrona del suo salotto erano ancora rivolti verso lo schermo, il punto focale che per secoli prima delle macchine era stato riservato al falò della tribù. Consumò la colazione ascoltando la lenta, malinconica melodia. Poi lavò la tazza nel lavandino, tenendola sospesa su una bacinella così da poter riutilizzare l'acqua in altri modi.

Ora d'ispezionare i suoi scrigni del tesoro. La casa era spaziosa; lei e l'uomo col quale era stata fidanzata l'avevano comprata quattro anni prima, quando pianificavano un futuro insieme. Il giorno in cui avevano firmato il contratto d'acquisto di una casa spaziosa abbastanza da ospitare una famiglia, non sapeva ancora che l'uomo col quale era fidanzata stava pianificando il futuro assieme a un'altra. Dopo che lo aveva lasciato, aveva gettato via, donato o venduto ogni più piccola cosa denotante che un tempo egli aveva fatto parte della sua vita. La casa adesso era solo sua.

Prese dalla scrivania una penna e un taccuino abbellito con allegri disegnini di frutta e verdura sotto la frase *Si Va A Fare La Spesa*! Il taccuino era appartenuto alla sua migliore amica, la quale usava dire che le uniche vere necessità della vita sono la carta igienica e il cioccolato. Non sarebbe mai rimasta a corto delle necessità della vita. La pestilenza aveva colpito così all'improvviso e aveva mietuto vittime così rapidamente che nessuno aveva fatto scorte d'emergenza. Tutto era rimasto nei negozi, e lei era diventata l'unico consumatore. Scrisse «caffè» come voce iniziale nella lista *Si Va A Fare La Spesa*!

Prima andò a controllare quella che una volta chiamava la futura stanza dei bambini. La stanza era occupata da confezioni ordinatamente impilate di batterie d'ogni genere. In un angolo v'erano un faro di segnalazione di ricambio e un'aspirapolvere portatile. A colpo d'occhio vide che fra un paio di mesi avrebbe avuto bisogno di batterie per le torce elettriche. Chiuse la porta, sulla quale aveva attaccato un foglio di carta con su scritto *Attenzione* in pennarello rosso, per ricordare a sé stessa di rimanere all'erta con quel piccolo arsenale di esplosivi.

Poi andò a controllare quella che una volta chiamava la stanza degli ospiti. La stanza era occupata da mucchi di vestiti, scarpe, utensili di cucina, farmaci da banco e articoli da toeletta. Su una parete era attaccata con le puntine una stampa senza cornice dell'ultimo dipinto di Van Gogh. Non era riuscita a trovare un posto migliore per la stampa; ogni angolo della casa era pieno di cose non destinate ad essere tenute tutte allo stesso tempo in una casa. A colpo d'occhio vide che aveva bisogno di tovaglioli di carta, sapone liquido, analgesici e shampoo a secco, altre quattro voci nella sua lista della spesa.

Infine andò a controllare quello che una volta chiamava il suo studio. Vi aveva tenuto i suoi libri, poi era stata costretta a stiparli sulle due librerie del salotto, sui tavolini e sul pavimento. Metà della stanza era occupata da acqua imbottigliata, l'altra metà da derrate alimentari non deperibili contenute in scatole, lattine, vasetti, barattoli, involucri e buste. A colpo d'occhio vide che aveva bisogno di sale e crema in polvere, altre due voci nella lista della spesa.

Chiuse la porta della terza stanza. Incredibile di quanto abbia bisogno un unico essere umano, pensò. Invidiava i morti; i morti non hanno bisogno di nulla.

CAPITOLO
TERZO

S I MISE I PANTALONI E LA MAGLIA che vestiva quando andava in bicicletta, lasciando da parte il giubbotto riflettente diventato inutile, poi andò nel garage e lo aprì sollevando la porta con forza perché non le si rovesciasse addosso.

Nel garage teneva due biciclette da escursionismo della più alta qualità, la seconda di ricambio e nuova di zecca. Quella che usava era dotata di quattro capaci bisacce laterali di cuoio, ma non bastavano a trasportare tutto ciò che le serviva. Da molto tempo pensava a cosa potesse fare per risparmiarsi qualche viaggio; forse un traino leggero, se le riusciva d'architettarlo. Suo fratello usava dire che dare un nome al problema era metà della soluzione; lei aveva dato un nome al problema ma non aveva ancora trovato la soluzione.

In una delle bisacce teneva una pompa per bicicletta, un kit di riparazione pneumatici, un rotolo di tela cerata, una corda e diversi robusti sacchi a rete. La bicicletta era equipaggiata anche con un faro, ma adesso non poteva più uscire di notte nel buio pesto delle strade senza lampioni

Aveva tolto il cestino metallico dietro il sellino e lo aveva sostituito con il paniere di vimini in cui una volta conservava giornali e riviste. Giornali e riviste erano ora accatastati sotto il tavolo della cucina. Ne aveva letto ogni parola, ma non voleva gettarli via. L'ultimo titolo dell'ultimo giornale era: DIO CI SALVI TUTTI.

Agganciò il dispositivo audio alla cintura, s'infilò gli auricolari, s'allacciò il casco ripiegabile e si mise addosso lo zaino. Era lo zaino che un tempo portava con sé quando andava a fare escursioni; ora lo portava con sé ogni volta che s'allontanava da casa. Nello zaino teneva una torcia elettrica a resistenza industriale con raggio orientabile, un coltellino svizzero, un poncho impermeabile con cappuccio, un paio di guanti da costruzione, due paia di guanti sanitari, una maschera di sicurezza, una bottiglia d'acqua da un litro, una coperta termica, una scatola di salviette disinfettanti, una confezione di barre di nutrizione, una bottiglietta di analgesici, una di compresse di caffeina e una di sonnifero.

Aveva messo assieme il contenuto dello zaino in modo che, se fosse rimasta bloccata lontana da fonti d'approvvigionamento, quanto era nello zaino doveva sostentarla per almeno dieci giorni. Un tempo, quando andava a fare escursioni si portava anche la video camera; ora non c'era più nulla che valesse la pena di filmare. Dal buco di una delle chiusure lampo dello zaino aveva appeso un coniglietto di stoffa, giocattolo d'infanzia.

Prima non usciva mai di casa senza una borsa contenente quelli che erano stati i quattro elementi essenziali del suo tempo: chiavi dell'auto, chiavi di casa, portafogli e cellulare. Una volta aveva perso la borsa; rifarsi i quattro essenziali era stata un'altra delle seccature di cui ora non doveva preoccuparsi.

Non portava più l'orologio. Misurava le ore com'erano state misurate per secoli prima che gli esseri umani assegnassero loro un numero: giorno e notte. Ma i calendari erano una necessità vitale quanto i segni che i prigionieri incidevano sui muri delle loro celle. Senza calendari, il tempo si sarebbe disciolto in un unico blocco amorfo.

Aveva un calendario della durata di due anni, uno molto bello che faceva vedere ventiquattro paesaggi di varie nazioni del mondo, alcune delle quali aveva sperato di visitare. Aveva sempre pensato che comprare calendari senza sapere se uno sarebbe rimasto in vita per usarli era un atto di fede; un calendario della durata di due anni sembrava un atto di fede suprema. Ciò che non importava più era il nome dato ai giorni, e l'attività designata per il giorno a cui era stato dato quel nome. Si diceva che Dio aveva lavorato per sei e s'era riposato il settimo; lei ora poteva lavorare o riposarsi un giorno qualunque.

Nel garage c'era anche la sua auto, coperta di uno spesso strato di polvere. Se ci fossero stati ancora ragni, sarebbe stata coperta anche di ragnatele. L'inutile attrezzo occupava tanto spazio. L'unica cosa che avrebbe voluto salvare, se avesse potuto rimuoverla, era l'adesivo che aveva incollato in un angolo del finestrino posteriore, recante la frase: *L'ignoranza è la radice di tutti i mali.*

La sua casa era separata dalla scogliera da un largo prato rettangolare adiacente ad un ampio sentiero pavimentato. Avrebbe potuto gettare i rifiuti dalla scogliera in quel punto, ma non voleva che la sua casa s'affacciasse su una discarica. Prese la busta della spazzatura dalla pattumiera, la portò a cinque case di distanza e la lanciò dai gradini di un vicino che era stato un buon pittore dilettante. I rifiuti non biodegradabili sarebbero durati per sempre, ma non c'erano altri inquinatori. Tornare indietro di secoli aveva semplificato molte cose.

Diede appena un'occhiata al padiglione che s'andava sgretolando sotto i pini, cercando d'allontanare dalla mente il ricordo delle feste e dei pranzi all'aperto che vi aveva fatto insieme ai suoi cari e ai suoi amici. Alla base della scogliera la spiaggia era lunga e liscia, senza impronte di piedi o di zampe. Non s'udiva altro suono che quello delle onde e del vento; ma il vento era ancora profumato d'erba e di mare. Non avrebbe mai potuto vivere lontana dal mare, neanche adesso che il mare era divenuto un deserto.

Il suo quartiere era stato uno dei più ricercati della costa. Tutto ora cominciava a somigliare a rovine antiche: portoni scardinati, alberi morenti, edera sulle finestre, oggetti rotti sulle scale. Sul muro d'un condominio era appeso uno striscione raffigurante un gruppo di gente che brindava allegra. *Si affittano appartamenti di lusso con stupende viste sul mare!*

Il suo granello del mondo era l'unico ordinato. Non poteva far nulla per le riparazioni di cui la casa avrebbe prima o poi avuto bisogno — ammesso che sarebbe rimasta in vita fino ad allora — ma poteva fare qualcosa per ciò che circondava la casa. Gli alberi si prendevano cura di se stessi; lei si prendeva cura del suo prato di fronte, del suo giardino sul retro, delle sue siepi e di un buon tratto del sentiero da entrambi i lati. Potava, nutriva e diserbava, versando litri di prodotti chimici. Era un lavoro spossante, ma amava farlo. Finché ne aveva la forza, non si sarebbe arresa all'invasione della natura. Falciava l'erba con un tagliaerba manuale dall'impugnatura di legno, comprato anni addietro come oggetto decorativo d'antiquariato. Tutto il vecchio ridiventava nuovo.

Guardò il cielo: le nuvole incupite avevano l'aspetto chiazzato che segnalava l'arrivo della pioggia. La preoccupava; la pioggia complicava ogni cosa. Salì in bicicletta e prese la strada che correva lungo la scogliera. Veicoli d'ogni genere erano rimasti abbandonati alla rinfusa lungo i marciapiedi e dentro autorimesse spalancate; altri ingombravano la carreggiata, alcuni fracassati l'uno contro l'altro. Doveva procedere a zigzag, prestando attenzione anche ai vetri rotti di cui era cosparsa la strada.

Sulla carreggiata erano dipinte le linee parallele delle piste ciclabili. Non avrebbe mai immaginato che un giorno ogni metro d'asfalto sarebbe diventato una pista ciclabile, e che lei avrebbe avuto il diritto di precedenza dappertutto. Un'altra cosa della quale non doveva più preoccuparsi era la rabbia stradale. Anche la violenza aveva trovato una soluzione permanente. Il mondo era diventato pacifico come gli esseri umani avevano sempre sperato, e lo era diventato dopo che era stato ripulito degli esseri umani.

Guardò tutti quei veicoli che non avrebbe mai potuto usare.

«Avrei dovuto imparare a far partire un'auto senza le chiavi» scherzò stancamente.

I primi due giorni dopo che era rimasta sola, era andata con la sua auto ai negozi più vicini per rifornirsi delle prime necessità: acqua, cibo e batterie. Per ore aveva caricato bottiglie, sacchi e scatole finché non era rimasto spazio nell'auto.

Quando la benzina nel serbatoio era quasi finita, era entrata nelle case di alcuni vicini, aveva trovato le chiavi delle loro auto e aveva preso dai negozi altri rifornimenti, facendo la spola tra casa e negozi fino a che la benzina era quasi finita anche nel serbatoio delle auto dei vicini. D'allora in poi erano state la bicicletta e le sue gambe. Era molto riconoscente al proprio corpo per essere rimasto sano come lo era sempre stato.

Quasi a metà strada dalla destinazione superò il punto dove cinque anni prima un ragazzo di quattordici anni era rimasto ucciso in una disgrazia senza colpevoli. I suoi cari avevano lasciato come ricordo al margine della strada la sua fotografia e dei fiori di plastica. La fotografia sarebbe diventata brandelli, i fiori di plastica sarebbero durati. Ogni volta che prendeva la strada lungo la scogliera passava quel promemoria costante della futilità della vita.

Era quasi giunta al centro commerciale. Mentre pedalava accanto un'auto rimasta di traverso sul marciapiede con le portiere aperte, notò sul sedile anteriore una scatolina lunga e stretta avvolta in carta da regalo rossa. Smontò e andò a vedere.

Accanto alla scatolina c'era un biglietto raffigurante un berretto universitario, una pergamena arrotolata e una bottiglia di champagne. Dentro, in elegante scrittura corsiva, c'era la frase «*Auguri tesoro, siamo tanto orgogliosi di te!*» e le firme: Mamma e Papà. Il biglietto era molto simile a quello datole dai suoi genitori quando aveva conseguito la seconda laurea.

Il gesto di strappare carta da regalo le diede una fitta di dolore, riportandole alla mente le liete occasioni passate in cui venivano aperti regali. Nella scatolina, annidato in velluto rosa, c'era un bellissimo braccialetto di diamanti, il genere di braccialetto che le sarebbe piaciuto indossare se avesse ancora indossato i gioielli. Doveva essere costato ai genitori una bella somma, una somma che avevano speso con amore. Lo guardò, cercando di soffocare le lacrime.

«Ci voglio pensare?», mormorò. Scosse la testa. «No. Non aiuta nessuno».

Rimise delicatamente il braccialetto nella sua piccola bara di velluto rosa e lo lasciò dove l'aveva trovato, accanto al biglietto. Poi salì in bicicletta e s'allontanò di corsa.

CAPITOLO
QUARTO

IL CENTRO COMMERCIALE PRENDEVA nome dal campo di
girasoli spianato per costruirlo. Ospitava la maggior parte di
quelle che erano state le necessità principali del suo tempo:
negozio di alimentari, negozio di medicinali, negozio di tabacchi,
negozio di ricambi auto, negozio di animali, negozio di liquori,
negozio di bellezza, negozio di sconto, ristoranti di varie etnie e
una succursale dell'istituzione che li aveva nutriti tutti: la banca.

Il centro aveva alloggiato anche uffici di professionisti:
avvocati, chiropratici, dentisti, psicologi e commercialisti. I
commercialisti avevano preparato le sue tasse per molti anni. Un
detto popolare sosteneva che solo due cose sono inevitabili, la
morte e le tasse; ora l'unica cosa inevitabile era la sua morte.

Dall'entrata del supermercato rimasta parzialmente bloccata
a metà emanava un fetore di marcio. L'ultima volta che aveva

mangiato cibi freschi era stato due giorni dopo che era rimasta sola, quando i frigoriferi e i congelatori resistevano ancora e frutta e verdura non erano ancora ammuffite. Poi le derrate alimentari deperibili avevano cominciato a deperire, e ogni negozio che vendeva derrate alimentari deperibili era diventato un mondezzaio senza animali. Quando doveva entrare in uno di quei negozi si metteva mascherine di sicurezza prese dal negozio di ferramenta.

Ogni negozio, ufficio e ristorante era una caverna buia e polverosa. Niente più soffitti sbiancati di neon, musica filodiffusa, folla di gente che andava e veniva indaffarata da incombenze varie. All'inizio, per abitudine, aveva spinto il carrello verso la cassa; le ci era voluto un po' per adattarsi all'idea che adesso poteva spingere il carrello oltre tutte le casse di tutti i negozi. Molti dei registratori di cassa erano rimasti aperti, pieni di carta e di metallo.

Il negozio al quale si accedeva più facilmente era il negozio di sconti. Non aveva porte automatiche e non aveva venduto derrate alimentari deperibili; niente muffa o marciume là dentro. Il negozio di sconti era stato detto anche negozio tutto a una banconota. Vi aveva spesso fatto acquisti; il suo salario era adeguato ma non lauto. Il negozio tutto a una banconota adesso era il negozio a nessuna banconota.

Lasciò la bicicletta nel portabiciclétte, s'appese la torcia elettrica attorno al collo e orientò il raggio in avanti. Poi prese un carrello, entrò nel negozio e trasse dalla tasca la lista della spesa.

«Allora … Sale, crema in polvere, sapone, tovaglioli … Che altro? Dovrebbe rimanere spazio per i piatti di carta, forse anche qualche confezione di cibo».

Prese i vari articoli dagli scaffali e li mise nel carrello. Ogni volta che andava in un negozio si riproponeva di non prendere articoli inessenziali che avrebbero rubato spazio a quelli essenziali, ma non sempre riusciva a resistere alla tentazione.

Continuava a ripetersi che un giorno avrebbe fatto il giro di tutti i negozi alla sua portata e avrebbe preso nient'altro che articoli inessenziali. La vita non era fatta solo di necessità.

Le erano sempre piaciute le candele profumate e i fiori di stoffa. Da quando era rimasta sola non accendeva candele — niente pompieri se si fosse distratta — ma poteva avere tutti i fiori di stoffa che voleva. Ne raccolse una bracciata: zinnie arancioni, gigli bianchi, viole del pensiero blu, rose gialle; e rami verdi di bambù, e un uccellino fatto di papier-maché e vere piume d'uccello.

Spinse il carrello fuori dal negozio e mise le provviste nei sacchi a rete. Caricò alcuni dei sacchi nelle bisacce della bicicletta e alcuni nel cesto di vimini dietro il sedile, aggiustandoli per sfruttare al massimo lo spazio. Per ultimi caricò i fiori di stoffa in cima a tutto ciò che era nel cesto di vimini, piantandoli dritti perché non si sgualcissero, e trovò un nido sicuro per l'uccellino perché non volasse via. Sorrise all'idea di tornare a casa con un giardino che le svolazzava alle spalle.

L'ultima tappa del giorno era la farmacia. Prima d'entrare prese dalla borsa della bicicletta un sacco a rete vuoto: le porte scorrevoli erano appena aperte per consentire ad una sola persona d'entrarvi. Dagli scaffali prese una bottiglietta di sonnifero, una bottiglia di shampoo a secco, una scatola dei suoi biscotti preferiti e una confezione di analgesici. Cercò di non ricordare che se mai avesse avuto bisogno di una ricetta medica, anche se solo per antibiotici, era spacciata.

Caricò il resto delle provviste sulla bicicletta, spense la torcia e s'avviò verso casa. Stavolta prese una strada diversa, ma non quella dov'era la stazione di servizio; nei serbatoi sotterranei rimasti incustoditi rimaneva abbastanza benzina per provocare un'esplosione. Evitava anche di passare sotto i pali del telefono e della luce. Ora che non li controllava nessuno, temeva d'essere schiacciata se uno di essi s'abbatteva. Ma non temeva d'essere fulminata; il mondo non era più alla mercé dell'onnipotente elettricità.

Due anni prima il paese aveva attraversato una massiccia interruzione di corrente, ridicolmente causata da topi che avevano roso un cavo e inauditamente durata sei giorni. Ricordava come s'era disfatta la cosiddetta civiltà nel giro di sei giorni. L'interruzione di corrente era avvenuta durante un inverno insolitamente freddo. Avevano dormito infagottati di vestiti, s'erano lavati con acqua gelida, ed erano andati in cerca di negozi che avessero generatori abbastanza potenti da rimanere aperti. Se non c'erano negozi di alimentari aperti entro una ragionevole distanza, erano andati in cerca di ristoranti e bar aperti, solo per poter bere una tazza di caffè caldo la mattina. Avevano usato torce elettriche finché le batterie non s'erano esaurite, e poi candele. Metà d'un condominio era stato accidentalmente incendiato da inquilini che non avevano più dimestichezza con l'uso del fuoco in casa.

Senza l'elettricità per alimentare i computer non si poteva lavorare e non ci si poteva tenere in contatto con parenti e amici; senza i computer e la televisione non si poteva far passare le ore con l'intrattenimento e non si poteva tenere il passo delle notizie. Ciò che l'aveva salvata dall'incubo provvisorio era ciò che la stava salvando dall'incubo permanente, quella che chiamava la più grande invenzione del genere umano: la pagina stampata.

Quando l'elettricità era stata ripristinata, gli abitanti del paese avevano provato il genere di sollievo che i loro più primitivi antenati simili alle scimmie dovevano aver provato quando riuscivano a riaccendere il loro falò. Ma il luogo comune era vero: senza le macchine, gli esseri umani riscoprivano il prossimo. Non aveva mai trascorso tanto tempo con amici e vicini, giocando a giochi da tavolo e raccontando barzellette e aneddoti.

Cominciò a piovigginare che era quasi arrivata a casa. Il mare era fragoroso di cavalloni, e i rami dei pini danzavano contro il cielo grigio. Portò dentro le provviste, caricandosi addosso quanti più sacchi alla volta poteva trasportare, e le distribuì nei suoi tre ripostigli. Poi riscaldò della minestra, vi aggiunse un pizzico d'erbe e la consumò seduta sulla sedia a dondolo accanto alla finestra. Strano come un piatto di minestra calda possa far sentire al sicuro, pensò.

Poi andò a cercare un vaso di cristallo che non usava da tempo. Lo mise al centro del tavolo di cucina e vi sistemò il suo giardino di stoffa. Petali e rami erano realistici e delicati; non li avrebbe presi se fossero stati fatti male. Per ultimo appollaiò l'uccellino su una zinnia, sorridendo.

«Sei o non sei una piccola bellezza?»

Passò il resto della giornata leggendo, mentre la pioggia striava i vetri e il vento arruffava gli alberi. Quando l'ultima luce svanì, prese il sonnifero, si rannicchiò sotto la coperta e s'addormentò al suono del mare che s'infrangeva contro la scogliera.

Fuori, il faro di segnalazione pulsava nella notte.

CAPITOLO
QUINTO

DAPPRIMA S'ERA PENSATO FOSSE un altro dei tanti morbi che parevano spuntare da un giorno all'altro dall'inquinato, abusato pianeta. Non c'era voluto molto perché il mondo capisse che questo era un flagello quale il mondo non aveva mai visto. Non era il genere di pericolo dal quale le nazioni potevano sentirsi protette dai loro confini; era il genere di pericolo che cancellava tutti i confini.

Qualunque cosa fosse questa calamità, colpiva il nucleo stesso della vita. Un giorno, tutto ciò che respirava cominciò a morire. Si portava via anche i cadaveri, e anche i cadaveri di chi moriva per altre cause: si sbriciolavano quasi subito in scaglie grigiastre che il vento spazzava via e la pioggia dissolveva. Non gli si poteva neanche dare un nome; era semplicemente «la pestilenza» — la catastrofe perfetta.

I suoi genitori abitavano in una città distante dalla sua, suo fratello ancora più lontano. Si erano scambiati raffiche di telefonate. Sarebbero stati più al sicuro se si fossero riuniti in un unico posto? E quale posto, e come arrivarci? Alla fine, costretti a forza, avevano deciso che per adesso era meglio che ognuno restasse dov'era. Ricordava le parole «per adesso» ripetute come una formula magica, benché sapessero tutti che non c'era nessun «per adesso». L'ultima volta che s'era sentita con i suoi cari, sua madre le aveva detto: «Ti vogliamo bene, tesoro. Stai forte.»

Non si sapeva se la pestilenza si diffondesse attraverso l'aria, l'acqua, il cibo, gli esseri umani o gli animali. L'unica cosa possibile era tenersi lontani dagli esseri umani e dagli animali. Molti rimasero insieme, molti no; molti si tennero gli animali, molti no. Il tessuto del pianeta s'andava disfacendo da un'ora all'altra.

Nella sua nazione, nell'interesse della sicurezza il capo di stato, i principali membri del suo gabinetto e delle forze armate si rifugiarono il primo giorno della pestilenza in una località non divulgata. Da lì avevano cercato di reggere il governo, come meglio si può reggere il governo mentre una nazione muore.

Il capo di stato aveva trasmesso messaggi radio, esortando la popolazione ad aiutarsi a vicenda e a non perdere coraggio. Le sue parole alleviavano per pochi minuti un terrore che nessuno aveva mai provato, neanche durante le guerre mondiali. Due giorni dopo, i comunicati dal rifugio cessarono; la pestilenza era penetrata nel luogo che tutti consideravano l'ultima salvezza. La fine dei comunicati segnò la fine della speranza.

Era sola. Inutile illudersi che la sua famiglia sarebbe stata risparmiata, e inutile illudersi che lei sarebbe stata risparmiata. Si trattava solo di come passare il tempo fino a che anche lei non fosse diventata scaglie grigiastre. Uno scrittore che conosceva aveva detto: «Ognuno è nel braccio della morte, ora e modalità d'esecuzione ignote». Ognuno adesso sapeva ora e modalità d'esecuzione.

Fece ciò che fecero tutti: si rinchiuse in casa e aspettò di morire. Due giorni, tre giorni, quattro giorni — senza riuscire a mangiare, a dormire, a pensare, mentre le macchine si spegnevano una ad una. Da dietro le persiane abbassate guardava tutto ciò che respirava cadere a terra e diventare scaglie grigiastre. La peste di secoli addietro aveva mietuto qualche milione di esseri umani, questa li avrebbe mietuti tutti. Perché lei ancora no?

Il quarto giorno, un vicino di casa che conosceva da anni bussò alla sua porta, chiamandola per nome e implorando aiuto. Non sapeva che aiuto potesse dargli, ma non avrebbe permesso che la pestilenza le togliesse anche la sua umanità. Quando andò ad aprire, il vicino di casa era già morto ai suoi piedi. Sbatté la porta per non vederlo diventare scaglie grigiastre.

Il settimo giorno, quando si svegliò da poche ore di sonno agitato, avvertì un silenzio che quasi sentiva sulla pelle. Guardò fuori dalla finestra: il mondo a perdita d'occhio era coperto di scaglie grigiastre spazzate dal vento. Sapeva di essere l'unica superstite. Ciò che non sapeva era perché.

CAPITOLO
SESTO

ANCORA UN ALTRO RISVEGLIO accompagnato solo dal suono del mare che s'infrangeva contro la scogliera.

In passato aveva a volte usato una cuffia antirumore per bloccare le intrusioni del mondo — musica a tutto volume dalle finestre dei vicini, cani che abbaiavano per strada. Ora sentiva perfino la mancanza delle voci delle macchine, la sinfonia elettronica di ronzii, vocalizzi, squilli, risonanze e rintocchi che aveva accompagnato il genere umano durante gli ultimi tre secoli della sua storia.

Andò ad aprire l'armadio dei vestiti, in cerca di cosa voleva mettersi. Le era sempre stato detto che aveva buon gusto nel vestire, ma non aveva mai seguito la moda troppo da vicino, né si era mai eccessivamente preoccupata del suo guardaroba. Ora che nessuno giudicava più il suo guardaroba, doveva resistere alla tentazione di lasciarsi andare alla trasandatezza, di mettersi sempre le stesse cose finché non cadevano a pezzi.

Il suo maglione preferito s'era scucito lungo la scollatura. Non c'era motivo di rammendarlo: sarebbe andata al negozio d'abbigliamento e avrebbe preso un altro maglione. Lavare vestiti consumava acqua; prendeva invece dai negozi diversi capi, a volte due degli stessi se era un capo che le piaceva particolarmente, e li gettava via quando diventavano inservibili o troppo sudici. Anche il suo guardaroba era diventato monouso.

Aveva conservato le piccole compulsioni che osservava sempre prima d'uscire di casa: disporre ordinatamente i cuscini agli angoli opposti del divano, svuotare il cestino in camera da letto, raddrizzare la pila di libri sul tavolino. Non sapeva perché sentisse il bisogno di ripetere quei gesti; forse le davano l'illusione di essere in controllo.

Spinse la bicicletta fuori dal garage, agganciò il dispositivo audio alla cintura, s'infilò gli auricolari, s'allacciò il casco ripiegabile, si mise addosso lo zaino e cominciò a pedalare. Nelle ultime due settimane il tempo s'era fatto più fresco. L'inverno lungo la costa era mite, ma l'angosciava il pensiero dei giorni più brevi, quando le ore sembravano non passare mai dopo che il sole calava così presto.

Ciò che odiava dell'andare al negozio d'abbigliamento erano i due chilometri o giù di lì dove la strada s'inerpicava verso la parte alta del paese. Un tempo si fermava a godersi la vista; adesso pedalava solo più forte. In cima alla collina sorgevano gli edifici governativi. Smontò e si riposò su una panchina di quelli che erano stati i giardinetti ben tenuti del municipio, ora una distesa di rifiuti ed erba morta.

In cima al tetto del municipio la bandiera pendeva a mezz'asta. Era stata abbassata dopo le prime morti di massa, ed era rimasta a mezz'asta quando era divenuto chiaro che non avrebbe mai più sventolato in cima al pennone. Dall'altra parte del viale c'erano le macerie annerite di uno dei più antichi luogo di culto del paese. Ricordava i fedeli riuniti dentro a pregare. I fedeli avevano pregato fino all'ultimo istante. Perfino i cimiteri erano diventati inutili; nulla rimaneva come prova che il pianeta era stato abitato da esseri intelligenti tranne ciò che essi avevano lasciato — gli edifici governativi e i luoghi di culto, le scuole e i campi profughi, le carceri e i musei.

Era giunta al negozio d'abbigliamento. Appoggiò la bicicletta accanto all'unica porta rimasta aperta, accese la torcia ed entrò, oltrepassando i dispositivi antitaccheggio che un tempo avevano scoraggiato i ladri. Era un negozio vasto e ben fornito. Non ricordava com'era disposto, e dovette vagare un po' finché non trovò lo striscione proclamante: «*È arrivata la moda femminile della stagione estiva!*».

«Hah! Adesso è sempre la stagione estiva».

Si diresse verso la sezione maglioni e cercò quelli di taglia regolare. Quasi alla fine del lungo bancone trovò ciò che cercava: lo stesso maglione preferito che s'era scucito, nuovo di zecca. Se lo mise sulla spalla, poi decise di prendere anche un paio di felpe. Vagò ancora, mentre il raggio di luce della torcia gettava lunghe ombre distorte che facevano sembrare sinistramente vivi i manichini.

Il suo sguardo si posò su un indumento che aveva notato in più d'un negozio: una maglietta con una serigrafia alquanto scadente del nome e della bandiera della sua nazione. Quasi tutte le nazioni del mondo avevano venduto articoli simili; ora li trovava curiosi. Non c'erano più nazioni; niente più fedeltà create solo perché capitava di nascere in un granello del pianeta invece di un altro, niente più guerre combattute nel nome di fedeltà corrotte. Tolse la maglietta dall'appendiabiti, se la tenne sul petto e andò su e giù per il corridoio, imitando una modella ad una sfilata.

«Stavolta ti porto a casa» ridacchiò.

Se qualcuno le avesse chiesto perché adesso voleva la maglietta, non avrebbe potuto rispondere con esattezza. Forse era come volere la fotografia di un parente scomparso. Uscì dal negozio, spense la torcia e ripiegò i suoi due nuovi indumenti nel cesto della bicicletta.

Accanto al negozio d'abbigliamento c'era quella ch'era stata una delle sue pasticcerie preferite, con le porte spalancate e il pavimento coperto di spazzatura e vetri rotti. Ogni angolo la riportava al passato, e non c'era vantaggio nel ricordare il passato. Se erano stati tempi tristi non voleva rivisitarli, e se erano stati tempi felici non voleva ricordare che non sarebbero tornati mai più. Qui ricordò le occasioni felici in cui s'era riunita con amici a prendere caffè e pasticcini, e quelle in cui aveva acquistato torte di compleanno.

Il suo compleanno era passato da quasi due mesi, il primo compleanno da quando era rimasta sola. Aveva trascorso la giornata pulendo furiosamente la casa, quasi come se rimuovendo la sporcizia potesse rimuovere il dolore. Ogni volta che il suo compleanno coincideva con una giornata lavorativa, i colleghi della biblioteca la sorprendevano con festeggiamenti e regali. Non sapeva in che modo sarebbe cambiata ora che non poteva più interagire con nessuno. Sapeva che ogni essere umano affilava il proprio carattere sugli spigoli degli altri.

Le mensole della pasticceria erano spoglie, a parte un paio di pagnotte coperte di muffa morta. Tanti odori erano scomparsi dal mondo, piacevoli e spiacevoli: pagnotte fresche e gas di scarico, rose e carcasse. Forse era meglio così. L'olfatto era il più potente dei sensi; un unico soffio poteva scatenare una valanga di emozioni, che volesse provarle o no. Forse era meglio essere diventata più povera anche in questo.

Una piccola cosa grigia sfrecciò sul pavimento, facendola sobbalzare.

Corse dentro, la inseguì attorno alle vetrinette, dietro il bancone, dentro la cucina.

«Aspetta, aspetta, aspetta, ASPETTA!»

L'ombra grigia era svanita con la stessa rapidità con cui era apparsa.

S'appoggiò allo schienale d'una sedia, col fiato corto. Stavolta non aveva neanche la certezza che era stato un sogno. La sua mente la tradiva; stava perdendo la cosa che più contava. S'accasciò sul pavimento, singhiozzando.

«Perché io? Perché sono ancora qui? Perché non potevo andarmene con loro?» La sua voce echeggiava nel silenzio della cucina buia.

Sentì qualcosa di freddo e piatto sotto la gamba. Raccolse la scheggia di vetro e la tenne fra le mani, sapendo come avrebbe potuto usarla.

«Fallo» sussurrò. «Fallo una volta per sempre».

Poi mise giù la scheggia, chiedendosi ancora una volta come aveva fatto ad allontanarsi dal baratro. Dopo un po' si risollevò e tornò a casa. Prese una pillola di sonnifero e s'infilò sotto la coperta con i vestiti addosso. Accanto alla porta d'entrata il faro di segnalazione pulsava verso il cielo.

CAPITOLO
SETTIMO

D A QUANDO ERA RIMASTA sola aveva sempre avuto paura di lasciare i dintorni di casa. Ora, per rimanere sana di mente, era arrivato il momento di lasciarli per un po'. Le mancava viaggiare sull'acqua, guardare la nave ondeggiante che si staccava dalla riva, e le mancava viaggiare nell'aria, sentire l'aereo rombante che si sganciava dalla gravità terrestre. Ma non voleva più vivere come un insetto senz'ali.

Fu pronta a partire in pochissimo tempo. Avrebbe trovato ogni necessità lungo la strada; a parte lo zaino, prese solo il secondo faro di segnalazione, un paio di sandali, qualche indumento in più, un costume da bagno, degli spuntini e un libro.

Era un libro di storia letto per la prima volta all'università. Conservava tutti i suoi vecchi libri. Quando cominciavano a logorarsi avvolgeva le copertine in carta da macellaio foderata di nastro da imballaggio. Si prendeva particolarmente cura dei suoi libri grandi — i suoi dizionari, atlanti, compendi ed enciclopedie. Li aveva trascurati al tempo della macchine, quando si faceva più presto a correre al computer che alla pagina stampata. Ma sapeva che la pagina stampata sarebbe sopravvissuta al computer; e alla fine era stato così.

Eppure le macchine erano state tanto utili. Ricordava la riverenza, quasi l'affetto, provato per l'apparato martellante che aveva scandagliato il suo cervello dopo una brutta caduta, per quel rimarchevole strumento creato dagli esseri umani per vedere attraverso gli angoli opachi del proprio corpo.

Prima d'andare consumò una colazione leggera: caffè, latte di cocco e un croissant confezionato che aveva lasciato per qualche minuto al sole perché si riscaldasse. Dispose i cuscini ordinatamente agli angoli opposti del divano, svuotò il cestino in camera da letto e raddrizzò la pila di libri sul tavolino. Poi chiuse la porta e partì.

Era una bella mattina d'estate inoltrata. Non aveva ancora deciso dove andare. Gli unici posti dove non poteva andare erano quelli in cui nessuno aveva abitato di recente. Un tempo desiderava allontanarsi dagli altri; perciò le piaceva fare escursioni da sola in luoghi remoti.

Mentre pedalava in giro, si ritrovò all'ingresso della strada costiera. Si ricordò che la strada era stata chiusa al traffico subito dopo l'inizio della pestilenza: era tutta sua, da fare in un'unica corsa senza intralci. La strada, che seguiva ogni curva della panoramica costa montuosa, era stata l'itinerario prediletto dai turisti. L'autostrada che correva sul terreno pianeggiante dell'entroterra era stata prescelta dai viaggiatori che andavano di fretta; lei non aveva fretta. Pedalava a suo agio. L'unico suono era il frusciare degli pneumatici sull'asfalto liscio. Il vento sul viso le riportò una sensazione di libertà da troppo tempo dimenticata. Era stato saggio rituffarsi nel mondo.

Fece solo una fermata, sullo spettacolare vecchio ponte immortalato da migliaia di cartoline. Si sedette sulla carreggiata nel punto più alto della campata ad arco, sovrastante montagne e mare, e si godette uno spuntino. Vedeva ancora la folla che scattava foto del ponte, conversando in un'affascinante babele di lingue.

Più tardi raggiunse La Baia Blu, un vasto villaggio turistico composto di lussuosi bungalow ombreggiati da alberi annosi. Era il genere di hotel che non avrebbe mai potuto permettersi prima; ora ne era proprietaria. I bungalow erano dipinti di bianco e di blu, con finestre somiglianti a larghi oblò di vetro colorato. Le piacevano moltissimo; aveva sempre pensato che ogni cosa costruita vicino al mare dovrebbe somigliare ad una nave. Le sculture topiarie sparse sui prati dovevano essere state assai belle, ancora riconoscibili come delfini e gabbiani. L'addolorava pensare che quelle creature fatte di foglie e rami sarebbero morte, com'erano morti delfini e gabbiani fatti di carne e ossa.

Per prima cosa acqua e cibo. S'appese la torcia elettrica al collo e si diresse verso il bungalow più grande, dov'era il ristorante. L'entrata era chiusa a chiave. Andò sul retro, trovò aperta la porta di servizio ed entrò nella dispensa della cucina. Non era una dispensa qualsiasi; era la dispensa di un hotel di lusso: scaffale su scaffale rifornito di costose prelibatezze, niente di simile agli spuntini stantii nei distributori automatici degli hotel dov'era stata in passato. La Baia Blu sarebbe stata un vero piacere gastronomico.

Lo svantaggio era la mancanza di fornelli portatili. Ognuno dei bungalow aveva griglie al carbone nel giardino sul retro, però non le veniva in mente cos'avrebbe potuto cucinare alla brace. Il pesce alla brace era il suo piatto preferito, ma meglio non pensare all'ultima volta che lo aveva assaggiato. E poi non si fidava ad accendere il fuoco; domare il fuoco aveva trasformato le scimmie in esseri umani, ma lei non aveva intenzione di scherzare con una cosa che questo essere umano in particolare non usava da molto.

Poi gli alloggi. La porta del bungalow più vicino al ristorante era chiusa, ma non a chiave. Le due camere, spaziose ed elegantemente arredate, erano state lasciate pronte per i prossimi ospiti; c'era un velo di polvere, ma nulla a cui non si potesse rimediare. Si tolse lo zaino e aprì le finestre. La vista era stupenda. Lungo la costa erano sparsi isolotti e scogli coperti di alberi sempreverdi; a sud era la baia dalla quale l'hotel prendeva il nome, una perfetta mezzaluna smerlata da archi naturali. La spiaggia era un largo nastro di sabbia rosea collegato ai bungalow da sentieri acciottolati. Tutto ciò di cui aveva bisogno era lì. Tolse dallo zaino il faro di segnalazione, lo accese e lo lasciò a terra accanto alla porta d'ingresso del suo bungalow.

E adesso la cena. Tornò nella dispensa e prese uno dei carrelli del servizio in camera. Compose il pasto con cura. Voleva un assaggio di ogni leccornia che c'era, del suo paese e di altri paesi del mondo: caviale nero, foie gras, uova di quaglia conservate, arrosto di manzo in aspic, dolmades, pasticcini di riso mochi, marmellata di cotogne, litchi sciroppati, burro di mele ai chiodi di garofano, tartufi di cioccolato bianco.

Il cameriere si sarebbe scandalizzato che lei non avesse scelto un vino; avrebbe dovuto cortesemente spiegargli che non beveva alcolici. L'accompagnamento d'obbligo al caviale era lo champagne, ma lo champagne a temperatura ambiente le sembrava un oltraggio. Scelse invece una bottiglia d'acqua minerale e una della sua bibita preferita. Dal banco delle stoviglie prese coltello, forchetta, cucchiaio e cucchiaino argentati, bacchette laccate, due bicchieri di cristallo, due scodelle incise, tre piatti impreziositi dal monogramma dell'hotel e un candido tovagliolo di cotone avvolto in un portatovagliolo a forma di conchiglia di nautilus.

«Questo sì che è vivere.»

Aprì la porta che conduceva dalla dispensa al ristorante e diede un'occhiata. Il ristorante era vasto e sfarzoso. Era rimasto in perfetto ordine; quasi vedeva gli ospiti seduti ai tavoli sotto i suggestivi dipinti di vascelli antichi che adornavano le pareti. L'unico segno che nessuno cenava alla Baia Blu da molto erano i fiori appassiti dei centrotavola.

Spinse il carrello dentro il bungalow. Spolverò la superficie del tavolo, vi depose barattoli, bottiglie, scatole, vasetti e buste, e sistemò piatti, bicchieri, bacchette e posate. Poi prese il suo coltellino svizzero e uno ad uno, come in un cerimoniale, aprì i barattoli, le bottiglie, le scatole, i vasetti e le buste. In un piatto mise porzioni di cibi salati, in un altro piatto porzioni di cibi dolci. Accese il dispositivo audio e si sedette a banchetto.

Dalle finestre aperte entrava il mormorio dolce delle onde, e la musica rendeva vivibile il mondo solo perché esisteva. Mangiava con lentezza, gustando ogni boccone, assaporando perfino il tintinnare di ceramica e di vetro che era stata costretta a sostituire con plastica da pochi soldi. Non sapeva quando avrebbe avuto un altro pasto così; in quel momento lo aveva, e il momento bastava.

Quando ebbe finito, sparecchiò la tavola, mise tutto sul carrello e lasciò il carrello accanto alla porta di servizio del ristorante. Fece una lunga passeggiata sulla spiaggia, lesse alcuni capitoli del libro, si lavò e andò a letto. Il cibo era squisito, il letto era comodo e le lenzuola erano pulite. A volte, pensò, è tutto ciò di cui un essere umano ha bisogno.

CAPITOLO
OTTAVO

S I SVEGLIÒ AD UN'ORA CHE NON CONOSCEVA e che non le importava conoscere. Aveva dormito bene, senza sogni. La prima cosa che fece fu controllare il faro di segnalazione fuori la porta del bungalow. Non aveva motivo di temere che avesse smesso di funzionare, ma osservare il rituale anche qui la faceva sentire bene.

Senza fornelli portatili non poteva preparare il caffè caldo; prese una compressa di caffeina assieme alla colazione, composta da una barra di nutrizione e fiocchi di mais con miele e latte condensato.

Il piano della giornata era prendere il sole, nuotare, pranzare, leggere, ascoltare musica, prendere ancora sole, nuotare ancora, cenare e dormire. Oggi niente andare a caccia di provviste, caricarsi addosso pesi, pedalare, cucinare o pulire.

Non doveva più guadagnarsi lo stipendio, ma aveva ancora bisogno di qualche giorno in cui non preoccuparsi di nulla.

Si mise gli occhiali da sole e prese due dei vellutati asciugamani bianchi. Stava per mettersi il costume da bagno quando le venne in mente che non era obbligata a portare costume da bagno né altri indumenti. Lo gettò sul letto sfatto, ridacchiando.

«Lucy l'ominide senza il pelo …»

Le venne in mente anche che non era obbligata a rifare il letto: stasera si sarebbe semplicemente trasferita in un altro bungalow lasciato pronto per i prossimi ospiti.

La sabbia scintillante era tersa e profonda, punteggiata di piccole conchiglie, pezzi di vetro colorato, rametti di corallo e ciottoli levigati. Ne raccolse alcuni e li mise nel cappello da sole. C'erano conchiglie, pezzi di vetro colorato, rametti di corallo e ciottoli levigati sulla spiaggia sotto casa, ma ne voleva anche da questa spiaggia. Non conosceva nessuno che non avesse mai provato il desiderio di prendere con sé quei piccoli tesori del mare.

Raccolse anche una piuma bianca e setosa, lunga abbastanza da poter essere stata quella di un gabbiano o forse di un albatross. Non era avvizzita come lo sarebbe stata se fosse rimasta a lungo sulla spiaggia, ma era impossibile dire se proveniva da un uccello vivo.

La lunga passeggiata le aveva fatto venire l'appetito; tornò al bungalow prima di quanto aveva previsto. Prese degli spuntini dalla dispensa e li consumò sdraiata sulla lussuosa sedia a sdraio bianca e blu posta sotto una palma.

Appena dietro il villaggio turistico, separato solo dalla strada costiera, c'era un grappolo di belle case dipinte di bei colori e ombreggiate da alberi ameni, il genere di quartiere abitato dai ricchi. La prima volta che l'aveva visto s'era detta che era meglio ignorarlo. Ora, senza fermarsi a chiedersi se se ne sarebbe pentita, all'improvviso cambiò idea. Prima si vestì, come se stesse andando in visita.

Attraversò la strada costiera e prese a vagare fra le case. L'erba sui prati non era troppo cresciuta, le auto erano ordinatamente allineate lungo i marciapiedi e le porte erano chiuse, come se gli abitanti avessero semplicemente deciso di fare le valigie e andarsene. Era la più bella città fantasma che avesse mai visto.

Non sapeva cosa stesse cercando mentre passeggiava sotto gli alberi ameni di quel quartiere senza nome. Sentiva un forte desiderio d'entrare in una di quelle case, benché non le servisse nulla da una casa; forse, pensò, le serviva la compagnia di fantasmi. Di una cosa era certa: non sarebbe entrata in una casa avente segni che vi avevano abitato bambini, come giocattoli sulle scale o un triciclo accanto al portone.

In fondo ad una stradetta tortuosa notò una casa che l'attraeva più delle altre. Forse era l'abbaino: la sua camera nella sua casa d'infanzia aveva un abbaino. Sullo zerbino c'era un allegro *Benvenuti*! e i cactus piantati nei vasi ai lati degli scalini erano in buona salute. Amava i cactus; sopravvivevano a tutto.

Rimase incerta davanti al lucido battente d'ottone, cercando di decidere se volesse aprire la porta; poi quietamente, quasi furtivamente, girò la maniglia. Dalla soglia cercò segni di bambini: nessuno che si vedesse. Entrò e prese a girovagare.

Era una casa incantevole, pulitissima; si vedeva che era appartenuta a persone che l'amavano. L'avevano arredata e decorata con gusto, e se n'erano presa molta cura. Erano tutte ancora presenti, incorniciate in gruppi di fotografie offuscate dalla polvere.

Una bella coppia giovane, dal loro primo giorno nel mondo ai loro ultimi giorni prima che il mondo s'era fermato. Il giorno che erano nati, il giorno che avevano mosso i primi passi, il giorno che avevano cominciato la scuola, il giorno che avevano finito la scuola, il giorno che s'erano incontrati, il giorno che avevano cenato insieme per la prima volta, il giorno che s'erano sposati, il giorno che avevano comprato la casa. Ogni fotografia era accompagnata da nomi, date, luoghi, dediche, biglietti d'auguri; accanto alle foto c'erano oggetti tenuti a cuore e piccoli doni scambiati. Si erano presi molta cura anche delle loro vite.

Quand'era adolescente aveva a volte intrattenuto il pensiero di scrivere un libro, ma poi lo aveva sempre lasciato andare. Le sembrava un'ambizione troppo alta; era troppo giovane, non sapeva molto del mondo. Aveva sempre pensato che l'unico modo per poter scrivere qualcosa che valesse la pena di leggere sarebbe stato diventare invisibile. Se avesse potuto vedere senza essere vista e udire senza essere udita, non avrebbe dovuto approssimare, inventare; avrebbe potuto apprendere la verità sulle vite degli altri. Un sorriso dolceamaro le sfiorò le labbra mentre guardava le fotografie.

«Sei invisibile.» sussurrò. «Puoi scrivere un libro sulle loro vite.»

Il suono d'una pendola che segnava le ore la fece sobbalzare. Cinque tocchi cadenzati rimbombarono nel silenzio della casa e del mondo. Aveva visto abbastanza; ora d'andare. Chiuse la porta, riattraversò la strada costiera e tornò al bungalow, lasciandosi dietro la bella città fantasma. Dalla dispensa prese la cena, un altro insieme di cibi che non assaggiava da molto e che forse non avrebbe assaggiato mai più, da godere al massimo.

La sabbia era tiepida, le basse onde increspate lambivano i suoi piedi. Ricordò i pellicani che una volta volavano verso il nord in quella stagione dell'anno, il primo uccello dello stormo che s'alternava di continuo con l'ultimo. Poi si trasferì in un altro bungalow pronto, con un altro letto comodo e altre lenzuola pulite. Si sedette alla finestra oblò, ascoltando musica, finché il sole non scese a toccare l'orizzonte in uno splendore di indaco e di rosa.

Le era sempre sembrato un mistero che gli esseri umani amassero osservare il tramonto. Segnava l'arrivo dell'oscurità, l'ora che risveglia belve e incubi. Ma anche lei lo amava; anche lei tenne gli occhi fissi sul sole mentre s'andava affilando in uno spicchio d'oro e poi in nulla. S'addormentò prima che l'oscurità giungesse.

CAPITOLO
NONO

NON VEDEVA L'ORA DI ANDARE ad esplorare la rimessa per barche che aveva avvistato dalla spiaggia il giorno prima. Dopo la colazione — cappuccino imbottigliato e una fetta di halwa accompagnata da marmellata di arance rosse — pedalò fino alla punta estrema della baia e vi trovò l'inatteso regalo di kayak e pagaie in perfette condizioni. Senza perdere un attimo, prese una pagaia, spinse uno dei kayak verso la risacca e si mise a remare.

Prima della pestilenza era andata spesso in kayak da sola; le piaceva ancor più del fare escursioni da sola. Essere di nuovo libera dalla terra riempì tutto il suo essere di una sensazione di libertà che pensava non fosse più in grado di provare. Visto dal mare, il mondo sembrava immutato: potrebbero esserci state persone, solo non erano visibili. Il silenzio era lo stesso, quella spessa coltre di quiete che a volte voleva infrangere urlando.

Si teneva vicina alla curva della battigia. Se non fosse stata sola si sarebbe spinta al largo quanto più poteva. Nel mondo delle macchine, quando per chiamare i soccorsi bastava premere un pulsante, era stato facile dimenticare che essere soli voleva dire essere in pericolo.

Cercava segni di vita attorno o sotto lei, ma era come guardare dentro un acquario vuoto e buio. Le alghe galleggianti attorno al kayak potrebbero essere rimaste alla deriva da molto prima della pestilenza. No, anche qui nulla — solo gli spruzzi della pagaia e il suo respiro che ne accompagnava il ritmo. Ma era un momento di pace, e ne era grata.

Perse la cognizione del tempo mentre scivolava sulla liscia superficie azzurra. Il sole riscaldava il suo corpo nudo e la brezza rinfrescava il suo sudore. Solo l'appetito la spinse a tornare a riva. Lasciò il kayak alla rimessa, pedalò all'hotel e si diresse verso la dispensa.

Stavolta scelse ostriche, polpa di granchio, panini al burro e grissini al rosmarino da intingere in olio d'oliva aromatizzato. Poi preparò un'insalata di cuori di palma, carciofi, sottaceti e castagne d'acqua. Come dolce prese ciliegie al cognac e biscotti ricoperti di cioccolato fondente.

Aprì la scatoletta di ostriche sul posto, dispose i succosi molluschi su un piatto e li cosparse di qualche fogliolina di menta secca: un condimento insolito suggeritole da sua cognata, dalla quale aveva appreso molte ricette favorite. Spinse il carrello dentro il bungalow e consumò la cena seduta accanto alla finestra, canterellando assieme alle canzoni sul dispositivo audio. Era piacevolmente esausta dopo la lunga remata, e l'appetito rendeva tutto più gustoso.

Trascorse il resto della giornata leggendo e prendendo il sole. Aspettò fino al tramonto per andare a nuotare, quando la luce calava e faceva sembrare il mondo misteriosamente diverso. Non aveva mai nuotato senza nulla fra la propria pelle e l'acqua;

sorrise pensando che una volta avrebbe dovuto andare in cerca di un luogo appositamente designato per la nudità pubblica. Andò a letto anticipando con piacere la prossima giornata in quell'oasi di lussi e di libertà.

Una forte fitta di dolore allo stomaco la svegliò di soprassalto in piena notte. S'alzò a sedere sul letto, bruciante di febbre e presa dalle vertigini, mentre i suoi pensieri correvano in ogni direzione. La pestilenza non aveva sintomi; si moriva da un attimo all'altro. E anche se questi fossero i sintomi della pestilenza, perché si manifestavano solo adesso? Non c'erano più esseri umani, animali, virus o batteri che potessero infettarla. Forse era portatrice sana e non lo sapeva? C'erano germi nascosti in questi luoghi in cui non era mai stata prima d'ora? Aveva preso dalla dispensa qualcosa di contaminato? Possibilità di ogni genere la atterrivano mentre giaceva immobile nel buio.

Ben presto la sete divenne intollerabile. Si tirò su dal letto, appoggiandosi al comodino, e cercò a tastoni la torcia elettrica. Si trascinò alla porta, poi attraversò a piedi nudi il sentiero che portava alla dispensa. L'aria notturna la faceva rabbrividire; camminava piegata dal dolore.

Nella dispensa aprì la prima bottiglia d'acqua a portata di mano; bevve un lungo sorso, quasi lo rigettò, si costrinse a berne un altro. Caricò alcune bottiglie sul carrello più vicino, muovendosi lentamente per non farle cadere. Spinse faticosamente il carrello verso il bungalow, passo dopo passo, e crollò sul letto senza fiato.

L'alba arrivò dopo l'attesa più lunga della sua vita. Non portò un miglioramento, ma se non altro non doveva barcollare qua e là nel raggio vacillante della torcia. Giaceva stesa sul letto, mentre la luce dalle finestre cambiava con angosciante lentezza.

Non c'era nulla di peggio dell'essere costretti all'inattività quando era imperativo lo sforzo; andava contro ogni cosa per la quale era stata progettata la razza umana. Non poteva far altro che aspettare, come aveva aspettato quei sette lunghi giorni prima d'essere condannata all'isolamento perpetuo.

Conosceva il vecchio luogo comune che tutti muoiono soli. Aveva dovuto accettare il fatto che lei sarebbe morta doppiamente sola; non era quello che l'addolorava. Era il pensiero di morire lontana dalla sua vita; dai suoi libri, la sua tazza, la sua stampa, le sue fotografie, il suo uccellino fatto di vere piume d'uccello. Ma se questa era la sua ora, non avrebbe implorato d'essere risparmiata. Pensò all'antica immagine della Morte, una figura senza volto ammantata di nero.

«Strega, se tu sei pronta sono pronta anch'io» mormorò.

Senza l'orologio non poteva contare le ore. Furono lunghe ore di sofferenza occupate solo sperando che passassero. Non aveva riparo dai propri pensieri. Come avevano aspettato di morire i suoi cari? si chiese. Quale di loro era morto per primo? Quali erano stati i *loro* pensieri? Avevano avuto tempo di accettare la propria morte, o si erano arresi alla disperazione? L'unico conforto era sapere che non lo avrebbe scoperto neanche se fossero morti sotto i suoi occhi: alla fine anche loro erano morti soli.

Al calar della notte si chiese se sarebbe stata una buona idea prendere una dose doppia di sonnifero. Non lo aveva mai fatto: se una pillola provocava incubi, chissà cos'avrebbero fatto due. No, decise, non poteva rischiarlo. Prese la dose consueta, e pochi minuti dopo scoprì con grande sorpresa che il farmaco era anche un potente analgesico. Non avrebbe mai immaginato che sarebbe stata così riconoscente a qualcosa di cui tanto si risentiva.

Si svegliò alla prima luce, dopo un buon tratto di sonno ininterrotto. Il dolore allo stomaco era ancora forte, ma le vertigini e la febbre erano diminuite. Si rassegnò a un altro giorno di afflizione, ma non in gabbia. Andò alla sedia a sdraio sotto la palma, spinse lo schienale fino in fondo e vi ci sistemò comodamente; poi chiuse gli occhi, liberò la mente da ogni cosa e prestò ascolto solo alla voce delle onde.

Al tramonto si sentiva meglio abbastanza per aver fame. Sbriciolò due barre di nutrizione in un bicchiere d'acqua e le ingoiò una cucchiaiata alla volta. Le sarebbe piaciuto rimanere all'aperto, ma cominciava a far freddo. Tornò a letto, prese una pillola di sonnifero e dormì profondamente.

Un'altra alba. Le vertigini erano quasi del tutto passate; era in grado di camminare senza doversi appoggiare ai muri. Andò a controllare il faro di segnalazione; tornare al rituale consueto le diede la speranza che presto avrebbe ripreso le redini della propria vita. Sarebbe rimasta nel bungalow un altro giorno, e se la mattina seguente sarebbe stata in grado di pedalare in sicurezza, sarebbe tornata a casa.

Mangiò altre due barre di nutrizione sciolte in acqua, prese il dispositivo audio e andò a sdraiarsi sotto la palma. Era da molto che non si svegliava all'alba; aveva dimenticato com'era affascinante osservare il sole che ritornava e rifaceva il mondo. Ora la musica le dava di nuovo piacere, e ciò faceva passare il tempo più velocemente.

Non voleva dormire di nuovo fra lenzuola sgualcite intrise di sudore. Prima che calasse la sera si trasferì in un altro bungalow, dove lasciò il faro di segnalazione accanto alla porta d'ingresso. Il sonnifero le procurò di nuovo una notte tranquilla.

Un'altra alba. I primi raggi di luce entrarono nella stanza incantevolmente tinti dai vetri colorati delle finestre oblò. Trascorse la maggior parte della giornata nella comoda sedia a sdraio all'ombra della palma. Sentiva ancora dolore allo stomaco, ma se il dolore rimaneva com'era, era sopportabile abbastanza da consentirle di pedalare. Un solo pensiero ora occupava la sua mente: tornare a casa.

Stavolta avrebbe dovuto risparmiare le forze e fare almeno una tappa. Ricordava un paesino dall'altro lato dell'entrata nord del vecchio ponte. Era ragionevolmente certa di poterlo raggiungere tutto in una corsa. Non aveva scelta: fra il paesino e la Baia Blu non c'erano altre fonti d'approvvigionamento.

Spense il faro di segnalazione e lo mise nello zaino assieme al resto delle sue cose. Fece un ultima puntata alla dispensa, per rifornirsi d'una bottiglia d'acqua da portare con sé. Prese anche uno dei graziosi portatovaglioli fatti a forma di conchiglia di nautilus. Quando stava per uscire tornò indietro e ne prese un altro; forse un giorno qualcuno avrebbe cenato con lei.

Poi disse addio alla Baia Blu, incerta se avrebbe ricordato la permanenza piacevolmente o no. Non avrebbe mai saputo cosa l'aveva fatta ammalare, e non avrebbe mai saputo se la malattia sarebbe tornata; ma sapeva che non era la pestilenza, e che se fosse tornata sarebbe andata via.

Raggiunse rapidamente il vecchio ponte, poi lasciò la strada costiera ed entrò nel paesino. Era un paesino bellissimo — bellissimo perché non c'erano alberghi a rovinare il maestoso paesaggio e le pittoresche stradine. L'unico albergo che riusciva a vedere era molto lontano sul versante della montagna.

Il tempo era cambiato; stava per piovere. Doveva trovare subito riparo in una casa. Si fermò alla più vicina, trovò la porta aperta ed entrò. La casa era a soqquadro: oggetti infranti, mobili rovesciati, cassetti svuotati. Misto al sudiciume che ricopriva ogni cosa era uno strato di scaglie grigiastre. Era stata in molte case, ma era palese che in questa casa più d'una persona era stata uccisa. Corse via, saltò in bicicletta e pedalò in giro senza meta, presa dal panico.

Avvistò una casa con il cartello *Vendesi*. Ciò voleva dire che la casa era pulita, ma non c'era modo di sapere cosa vi avrebbe trovato dentro; e anche se la casa era pulita, non aveva letto o divano. Si rimproverò per lo stupido errore di non essersi portata il sacco a pelo. Cominciavano a cadere gocce di pioggia; sentì un tuono lontano. Decise di arrischiarsi con la prima casa che le parve decente, pregando che la porta non fosse serrata. La porta non era serrata.

Era un buon posto. C'era polvere, ma a parte ciò ogni cosa era in ordine. Una donna aveva abitato in quella casa, una che si era trattata bene: una blusa di seta bianca sul bracciolo di una poltrona, un medaglione di smalto con iniziali sul comò, un flacone di profumo di lusso accanto al lavandino.

Accese il faro di segnalazione e lo lasciò sui gradini della porta d'ingresso, accanto alla bicicletta. Era sfinita e assetata. Nel frigorifero, ora solo un ripostiglio in più ma per fortuna privo di muffa, trovò piatti coperti contenenti cibi da molto andati a male, e due capaci bottiglie d'acqua. Una aveva il tappo svitato ed era imbevibile, l'altra era ancora sigillata. Sospirò di sollievo: l'ultima cosa che voleva fare era andare a caccia d'acqua.

Nella dispensa trovò un barattolo di marmellata non ancora aperto, una busta di wafer al cioccolato e una scatola di pasticcini, tutti provenienti da un paese straniero che non riusciva a individuare dalla lingua sulle confezioni. Divorò l'intera busta di wafers, metà del barattolo di marmellata e metà della scatola di pasticcini. Non aveva mai assaggiato quei dolci e non sapeva esattamente quali fossero gli ingredienti, ma erano rimasti freschi ed erano squisiti. A volte solo i dolci riassestano l'esistenza, pensò. Dormì bene nel letto pulito, sotto una trapunta di raso color di rosa.

Quando si svegliò, la pioggia era passata. Mangiò una barra di nutrizione e il resto dei dolci, spalmando marmellata sui pasticcini, poi diede un'occhiata in giro per le stanze. Non vedeva l'ora di tornare a casa, ma preferiva aspettare che le strade s'asciugassero.

La sua ospite aveva una collezione in due lingue di bei volumi rilegati in cuoio; una delle due lingue era la stessa che aveva visto sulle confezioni dei dolci. Scelse un libro scritto nella propria, si sedette in una poltrona al chiaro sole del mattino e cominciò a leggere. Le prime pagine le piacquero molto, e voleva leggere il resto. Sicuramente, pensò, la sua ospite non si sarebbe offesa se si prendeva il libro. Lo mise in una delle bisacce della bicicletta assieme al faro di segnalazione, poi chiuse la porta.

«Grazie dell'ospitalità, amica mia.»

Gli ultimi chilometri la svuotarono di tutte le forze. Quando vide la casa dalla strada quasi scoppiò a piangere. Non c'era nulla di meglio che la casa, anche quando la casa era vuota. Gettò lo zaino sul pavimento del salotto e bevve un lungo sorso d'acqua dalla sua tazza bianca e oro. Sorrise all'uccellino appollaiato sulla zinnia.

«Salve, bellezza. Ti sono mancata?»

Era troppo esausta per aver fame; voleva solo una buona dormita. Prese il sonnifero e s'allungò sotto la coperta con un profondo sospiro di piacere. Mentre scivolava nel sonno, si chiese se sopravvivere fosse una scelta che gli esseri umani decidevano di fare o semplicemente un istinto imposto alla specie perché la vita esigeva che la specie continuasse. Poi s'addormentò.

Fuori, accanto alla porta, l'arco rosso del faro di segnalazione s'univa alle tinte del crepuscolo.

CAPITOLO
DECIMO

I PRIMI GIORNI DOPO CHE fu tornata a casa pensò che non se ne sarebbe allontanata mai più. Piovve durante quei giorni, ma aveva tutto ciò che le serviva e non doveva uscire a fare provviste. Era bello dormire di nuovo nel suo letto, sentire i tuoni e sapere che era al sicuro. Non appena il tempo si schiarì riprese il lavoro di falciare l'erba, potare le siepi e diserbare il prato.

Quel pomeriggio stava tagliando i cespugli ai lati della porta d'ingresso. Si ricordò delle sculture topiarie della Baia Blu, desiderando di poterne realizzare una, poi rise.

«Tuttalpiù una palla sbilenca …»

Cielo e mare erano quasi un'unica distesa d'azzurro. Non c'era una nuvola, e soffiava appena una brezza. S'asciugò il sudore dalla fronte e allungò il braccio verso la bottiglia d'acqua.

Con la coda dell'occhio colse una forma all'orizzonte. Si schermò il viso dalla luce; le cesoie le caddero di mano.

Un velivolo. Non uno scherzo della luce ma un oggetto solido avente lunghezza, circonferenza e un bagliore grigio argento, una mescolanza sconosciuta di familiare e di alieno, una mongolfiera con un lungo disco di metallo al posto del cesto. Era troppo sbalordita per emettere un suono.

Inutile cercare d'attirare l'attenzione. Se il velivolo aveva a bordo membri di un equipaggio, erano troppo lontani perché la vedessero. Ma non erano troppo lontani per vedere il faro di segnalazione; e se lo avevano visto, da un momento all'altro avrebbero girato il velivolo verso di lei. Poteva solo rimanere ferma e guardare.

«Girati» mormorò. «Girati».

Il velivolo continuava a navigare, luccicante nel suo bagliore metallico. Seguiva una rotta costante in direzione sud, a una bassa velocità che le consentiva di tenere lo sguardo fisso su di esso mentre si muoveva scorrevole e silenzioso nel cielo. Più lo guardava più era certa che era reale.

Si riscosse dallo stupore, corse in casa, trovò il binocolo e tornò fuori. Il velivolo c'era ancora, ma attraverso gli obiettivi del binocolo ora si vedeva solo il bagliore grigio argento che s'allontanava, fino a che non scomparve alla vista.

Tirò il fiato. «Va bene, va bene ... Adesso pensa.»

Tornò in casa e prese la videocamera, attenta a non farsela scivolare dalle mani tremanti. Poi piazzò il treppiedi sul sentiero davanti al prato, accese la videocamera e la impostò su rotazione di centottanta gradi e modalità continua.

«Cos'altro, cos'altro? Una scritta SOS? E in che modo migliorerebbe il faro di segnalazione, imbecille?»

Camminava su e giù, muovendo le mani per calmarsi.

«Va bene, va bene.»

Restò seduta sul terrazzo tutto il giorno, e poi a lungo dopo il tramonto, senza riuscire a mangiare o a far altro. Tutto era cambiato; non sapeva da dove cominciare a riordinare i pezzi della realtà. Mille congetture s'affollavano nella sua mente; cercò di esaminarle una alla volta, in maniera razionale se ci riusciva.

Era un velivolo con equipaggio, e se lo era, perché l'equipaggio non aveva visto il faro di segnalazione? Era un drone senza equipaggio, e se lo era, aveva allertato i soccorritori? E la domanda che non avrebbe mai immaginato: era un velivolo umano?

Schernì se stessa. L'idea che in altri angoli dell'universo vivessero altri esseri senzienti le era sempre sembrata un pio desiderio, un infantile rifiuto degli esseri umani di ammettere che erano orfani. Non c'erano prove; credenze non erano fatti. Innumerevoli varianti della favola avevano messo radici nell'immaginario collettivo degli esseri umani; e come aveva detto qualcuno, il problema degli esseri umani era che potevano immaginare di tutto.

No, non si sarebbe arresa adesso ai pii desideri. Sicché questo velivolo era diverso da tutti gli altri che conosceva. Ciò non voleva dire che non era umano; voleva dire che era un velivolo umano diverso da tutti gli altri che conosceva. Chissà cos'era successo fuori dal suo granello del mondo dall'ultima volta che aveva ricevuto notizie dal mondo?

Erano apparse le stelle. L'aria s'era raffreddata, facendola rabbrividire. L'ultima cosa che desiderava era dormire, ma sapeva che senza il sonno non sarebbe stata in grado di affrontare il domani sconosciuto. Si disse che doveva imparare la pazienza di aspettare che le cose si dipanassero senza il suo intervento; si poteva impazzire di speranza né più né meno che di disperazione.

Si chiese se fosse bene lasciare aperta la porta d'ingresso, per essere trovata più presto. No, decise: d'ora in poi doveva nuovamente preoccuparsi di cosa poteva entrare dalla porta. Chiuse a chiave tutte le porte esterne, abbassò tutte le persiane, chiuse tutte le tende e spense tutte le luci. Prima di prendere il sonnifero andò un'ultima volta a guardare dalla finestra; poi s'arrese al sonno.

Fuori, la sola cosa che si muoveva nella notte era l'arco pulsante del faro di segnalazione.

*   *   *

La pestilenza era stata causata da esseri non umani, l'avevano risparmiata come esperimento, la osservavano dal velivolo, nessuno l'avrebbe salvata.

Il pensiero esplose nella sua mente l'attimo che si svegliò. Non poteva rigettarlo come assurdo; tutta la sua esistenza era divenuta una catena di assurdità. Anche questo doveva essere incluso nel nuovo territorio del possibile.

Molto tempo addietro aveva scelto di rimanere fedele a se stessa, e non poteva far altro. Era necessaria una fondamentale apatia, un cuscinetto fra lei e l'incubo al quale la vita le chiedeva di sopravvivere. L'avrebbe trovata.

Inspirò profondamente, s'infilò le pantofole e andò a controllare il faro di segnalazione. Il faro pulsava e il cielo era vuoto. Chiuse la porta e andò a preparare la colazione.

CAPITOLO
UNDICESIMO

QUALCOSA LA RICHIAMAVA ALLA BIBLIOTECA. Da quando era rimasta sola aveva evitato perfino di passarci davanti. Non ci voleva molto per immaginare cos'era diventata: un luogo sporco e buio popolato solo dalla voce dei morti.

La cosa peggiore era ricordare i bambini. Erano venuti a frotte allegre ed eccitate, vestiti di tutti i colori dell'arcobaleno. Si sedevano sul pavimento, ascoltando attenti o ridendo o battendo le mani, mentre lei leggeva loro le storie e mostrava le illustrazioni.

Non aveva mai capito come ad alcuni dessero fastidio i bambini, come li disturbassero le loro voci alte e le loro risa chiassose. Lei si deliziava dei bambini, della loro allegra indifferenza alle regole, dell'adorabile libertà che sarebbe stata strappata loro troppo presto. A volte li zittiva solo perché gli adulti si aspettavano che lo facesse. La morte dei bambini le era sempre sembrata il dettame più illogico dell'evoluzione, la Terra che distruggeva il proprio futuro. E nulla l'addolorava quanto sapere che non avrebbe mai avuto bambini suoi.

Infine si decise. Si ripromise di essere forte; doveva essere forte. Prese la bicicletta e pedalò su per la stretta strada ripida che aveva preso quasi ogni giorno della sua vita per oltre sette anni. L'entrata della biblioteca non era serrata; se fosse stata serrata, era pronta a sfondare il pannello di vetro con una pietra. Accese la torcia elettrica ed entrò.

Avrebbe potuto orientarsi ad occhi chiusi. Era la *sua* biblioteca; era stata affidata a lei, e se n'era presa cura con amore per oltre sette anni. Sapeva dov'era collocata ogni cosa: gli scaffali dei libri, gli scaffali dei video, gli scaffali della musica, i computer, le stampanti, le fotocopiatrici, le cabine audio, il reparto donazioni, la sezione perso e trovato, i portariviste, i portamatite.

Rimase ferma al centro del vasto interno, osservando la desolazione e chiedendosi cosa voleva fare. Il mondo era divenuto caos, ma qui l'offesa sembrava più grave. Questo era un luogo basato sull'ordine, su oggetti attentamente suddivisi, etichettati, numerati, catalogati e disposti ognuno nello spazio ad esso assegnato.

Raccolse un libro dal pavimento e lesse l'etichetta alla base del dorso.

«Scienze naturali, C-H.»

Quasi inconsciamente cercò la sezione a cui il libro apparteneva. Trovò lo scaffale, collocò il libro nello spazio assegnato e raddrizzò la fila dei volumi. Com'erano familiari quei gesti; non le erano mai sembrati noiosi. Raccolse un altro libro, trovò lo scaffale al quale apparteneva, collocò il libro nello spazio assegnato e raddrizzò la fila dei volumi. Poi raccolse una bracciata di libri, e uno alla volta li rimise nello spazio assegnato.

Perse la cognizione del tempo; se non avesse dato un'occhiata all'entrata, non si sarebbe mai accorta che era quasi il tramonto.

Osservò i due lunghi scaffali che aveva ripristinato, e fece cenno di sì.

«Se hai tutto il tempo che vuoi, fanne uso.»

Da quel giorno in poi tornò alla biblioteca tutti i giorni. Riempì gli scaffali, rimosse la spazzatura, tolse la polvere, raschiò via la ruggine, risistemò i tavoli, riattaccò le locandine. A poco a poco il puzzo d'abbandono venne sostituito dal profumo di detergenti, e l'aria stantia si rifece fresca.

Lavorava fino a che ogni muscolo le doleva e le rimaneva a malapena l'energia di pedalare fino a casa. Era una stanchezza gradita, nata da uno sforzo che voleva fare e non da uno che doveva fare. Forse nessuno sarebbe mai tornato alla sua biblioteca, ma finché ne aveva la forza avrebbe tenuto il luogo dove aveva lavorato nello stesso ordine in cui teneva il luogo dove abitava.

Solo con la stanza dei bambini aspettò fino all'ultimo minuto. Sul pavimento erano rimasti un ombrello color di rosa e due zainetti, e non voleva avvicinarsi ad essi. Il suo nipotino aveva cominciato ad andare a scuola pochi mesi prima della pestilenza, e aveva portato uno zainetto come quelli.

Le ci volle tutta la forza di volontà per rimettere a posto la stanza dei bambini. Rimosse la spazzatura, riordinò gli scaffali, raccolse i giocattoli nel ripostiglio e sistemò le sedioline attorno al tavolo, come aveva sempre fatto prima che i bambini erano venuti ad ascoltare le storie. Infine ripose nello spogliatoio l'ombrello color di rosa e i due zainetti. Li accarezzò delicatamente, poi si concesse il lusso di singhiozzi che fecero sentire più pulita anche la sua anima.

Prima di tornare a casa guardò la biblioteca e pensò ai secoli di esperienza umana che i libri custodivano — l'atroce, il banale, il sublime. In un angolo della sua mente c'era sempre la paura che il velivolo grigio argento non fosse umano, e che lei fosse il soggetto non consenziente di un esperimento condotto da creature che non avevano la cortesia di rivelarsi. Si rivolse sottovoce a loro.

«Cosa state cercando di scoprire? Lasciate che vi risparmi il tempo. Gli esseri umani sono il mistero supremo. Non c'è nulla che non facciano ad un altro, e non c'è nulla che non facciano per un altro. È tutto ciò che vi occorre sapere su di noi. Tornate a casa.»

*   *   *

L'acqua bolliva. Aprì il recipiente decorato con papaveri rossi in cui conservava le bustine del tè, poi prese dalla credenza la sua tazza bianca e oro. Notò che sull'orlo della tazza c'era una larga scheggia che aveva quasi cancellato il nome della sua università. Non ricordava com'era successo; la tazza era uno degli oggetti che trattava con maggior cura. Provò un'ondata di collera: come aveva potuto essere così sciocca? Mise la bustina del tè in un bicchiere di polistirolo, vi versò sopra l'acqua bollente e andò a sedersi nella sedia a dondolo accanto alla finestra.

All'orizzonte si vedevano lunghi raggi di sole cadenti a perpendicolo dal cielo al mare. Oggi non avrebbe dovuto pedalare; sarebbe stata una buona giornata per lavorare in giardino. Da dietro i pini il velivolo grigio argento planò silenzioso verso di lei. Si lasciò cadere il bicchiere dalla mano, alzandosi di scatto. Corse alla porta d'ingresso, l'aprì sbattendola: nessun segno del velivolo.

Quando si svegliò di soprassalto, le ci volle un momento per orientarsi. Era seduta sul divano, con un cuscino dietro la testa: capì che s'era addormentata di giorno. Non le capitava spesso, ma aveva trascorso tutta la mattina lavorando sodo a potare i cespugli di mirto; doveva essersi affaticata più di quanto pensasse.

Il sogno la infastidì piuttosto che incollerirla. Era semplicemente la sua mente che riviveva l'euforia e l'angoscia del velivolo che arrivava e poi scompariva. Andò in cucina a preparare il tè. Quando prese dalla credenza la tazza bianca e oro, non fu sorpresa di vedere che l'orlo non era scheggiato.

Bevve il tè, poi andò a controllare la video camera sul prato. Il rituale non era necessario, come non era necessario controllare il faro di segnalazione; la video camera l'allertava non appena rilevava movimento. Non fu sorpresa di vedere che non c'era stato movimento. Tornò in cucina, lavò e asciugò la tazza. Pensò al sogno e scosse la testa, profondamente irritata.

«Facciamo onore a Freud» borbottò.

Si rimise i guanti da giardinaggio e tornò ai cespugli di mirto. Fu costretta ad interrompere prima di quando desiderasse. Mentre era tutta presa nel lavoro era sorta una tempesta, che sferzò la costa con lampi e tuoni tutta la notte. Un paio di volte sentì rami che si schiantavano, ma non troppo vicino alla casa. Non le parve allarmante al punto di dover avventurarsi fuori nella pioggia battente; non era la prima volta che una tempesta abbatteva rami d'albero.

La mattina dopo era tornato il sole. Le mancava sentire il canto degli uccelli quando apriva la finestra. Chissà cosa s'erano detti gli uccelli, nelle loro lingue meravigliosamente varie come le lingue degli esseri umani. A volte, ciò che si erano detti gli uccelli le era sembrato più bello di tutte le canzoni d'amore degli esseri umani.

Quando andò a controllare il faro di segnalazione scoprì con orrore che giaceva distrutto sotto un ramo caduto da uno dei pini accanto al terrazzo. Per quanto ne sapeva, aveva cessato di funzionare l'attimo in cui aveva chiuso la porta d'ingresso prima d'andare a letto; era rimasta invisibile molto a lungo. Si dannò di non essere uscita quando aveva udito il primo rumore di schianti; se il faro s'era rotto allora, avrebbe potuto sostituirlo subito con quello di scorta.

Troppo adirata per andare fino alla consueta distanza, gettò il faro rotto dalla scogliera davanti alla porta d'ingresso. Poi, senza colazione, fece la lunga arrancata in bicicletta per andare a prendere dal negozio un altro faro di scorta. Mentre pedalava faticosamente, alzò lo sguardo verso il cielo: se nel velivolo c'era chi la osservava, ai loro occhi non doveva apparire diversa da una formica affannata in cerca di briciole.

CAPITOLO
DODICESIMO

I L TEMPO ERA ABBASTANZA piacevole per andare a nuotare. Mise il cappello da sole e un asciugamano da bagno in una sacca di tela e si diresse verso la scalinata di legno che portava alla spiaggia. La scalinata aveva esattamente duecentosedici gradini; li aveva contati la prima volta che l'aveva fatta assieme a sua madre. Sua madre, che aveva chili di troppo, aveva scherzato che fare di nuovo quei duecentosedici gradini sarebbe stata la sua morte.

Si tolse i sandali per sentire sotto i piedi il calore delle assi di legno stinte dalla salsedine. Il sole sul suo viso era dolce; le onde accarezzavano mormorando la sabbia. Se gli esseri umani non trovassero il mondo per metà bello, pensò, non riuscirebbero a trovarlo per metà sopportabile. Provò un'inattesa sensazione di pace, la differenza da tempo dimenticata tra l'abbandono e la solitudine.

Il suo angolo preferito per nuotare era l'insenatura a nord della spiaggia. Là l'acqua era calma, riparata dalle braccia ricurve della roccia. Scese l'ultimo gradino e s'avviò verso l'insenatura. Mentre camminava scrutò il mare. La superficie era immutata, ma gli abissi nascondevano misteri che gli esseri umani non avevano mai scoperto, e che non avrebbero mai scoperto neanche se fossero sopravvissuti.

L'acqua era un po' più fredda di quanto ricordava; era un freddo piacevole, che la rinvigoriva e la invogliava a nuotare vigorosamente. Si spinse a una distanza che giudicò sicura per poter tornare a riva senza affaticarsi troppo.

D'un tratto qualcosa si mosse all'orizzonte, facendola fermare. Dapprima pensò fosse un'onda più alta. Non poteva esser altro; da mesi sul mare non si muovevano che onde. Un attimo dopo si rese conto che era qualcos'altro: due forme aggraziate con pinne e code che balzavano dall'acqua, s'inarcavano nell'aria, si tuffavano, balzavano ancora, si rituffavano — le inconfondibili forme di due delfini.

«Non può essere …» mormorò.

Il sole splendeva dietro le due forme, rendendo i loro contorni nitidi e chiari. Non era un'illusione; erano due creature viventi, viventi e in piena salute. La sua risata di gioia s'alzò al cielo mentre agitava le braccia verso di loro.

«Ehi! Ehi! Salve!»

I delfini balzavano e schizzavano, facendo schiumare l'acqua con i loro corpi agili e robusti rispecchianti le movenze l'uno dell'altro.

«Che belli siete! Avvicinatevi, mi vedete? Avvicinatevi!»

Non ricordava quando aveva provato tanta felicità e tanta frustrazione insieme. Erano troppo lontani perché potesse raggiungerli a nuoto, e non aveva barca. Si fermò, osservandoli incantata. Sapeva che non si sarebbero accostati a lei, ma continuava a chiamarli e ad agitare la braccia mentre danzavano fra le onde.

Ora si stavano allontanando: vedeva la forma delle pinne che diventava la forma delle code.

«No, no! Vi prego, non andate via!»

Scomparvero con un ultimo balzo.

Rimase a galla finché braccia e gambe s'intorpidirono, ma se n'erano andati — per adesso. *«Per adesso»*. Le parole scambiate con la sua famiglia quando tutto era perduto avevano nuovamente un significato. Il mare non era un deserto. Era uno scrigno di meraviglie e di misteri; per ogni prodigio che custodiva ne rivelava un altro.

E pensare che queste incantevoli creature, e tante altre, erano state quasi sterminate. Gli esseri umani erano sciamati ovunque, avevano depredato ogni cosa, per sfamare le loro insostenibili masse. Forse, pensò, la pestilenza era il modo in cui la Terra aveva salvato se stessa da esseri che si ritenevano suoi padroni.

Tornò a riva e salì la scalinata, molto più rapidamente di quanto l'aveva scesa, poi corse a controllare la video camera. Sì, la video camera aveva catturato la danza dei delfini; poteva essere certa che non era stato un sogno. Guardò e riguardò il video, battendo le mani come una bambina. Ora aveva due cose da controllare, si disse; ma mentre non poteva sapere se il velivolo grigio argento fosse salvezza o timore, i delfini erano pura speranza.

In cima alla scogliera si girò indietro un'ultima volta, poi entrò in casa e chiuse la porta.

CAPITOLO
TREDICESIMO

L E CI ERANO VOLUTE SETTIMANE per raggiungere la casa dei genitori. Aveva pedalato col bello e col cattivo tempo, facendo dozzine di tappe lungo la strada, chiedendosi lungo tutta la strada se voleva davvero rivederla. Ora finalmente era sui gradini davanti alla porta d'ingresso.

Dall'esterno la casa era intatta. Tutto era come ricordava: la vecchia altalena dove lei e suo fratello avevano giocato quand'erano bambini, le floride ortensie di sua madre nei vasi sul davanzale, gli attrezzi di suo padre accanto al paletto dello steccato. La sola cosa rivelante che la casa era vuota erano i giornali ingialliti ammucchiati sul pianerottolo.

Mentre rimaneva indecisa, anelando d'andare dentro e terrorizzata di scoprire cos'era dentro, udì un suono che le parve familiare, benché non ricordasse dove lo aveva udito per la prima volta. Si guardò attorno, poi alzò gli occhi: il velivolo grigio argento era librato dietro la casa, così basso che si vedevano forme dietro gli oblò.

Prima che avesse il tempo di scegliere fra sollievo e sgomento, il velivolo atterrò con un brusio di motore. Il portello s'aprì; emerse una figura. Non riusciva a vederla con chiarezza, ma in un istante si rese conto che non era umana e non era venuta a salvarla. Picchiò i pugni sulla porta, sapendo che la casa non l'avrebbe protetta ma non sapendo dove altro andare. Si svegliò al suono del suo stesso urlo.

Il resto della giornata non fu che stordimento. Vagava per la casa come se qualcuno l'avesse presa a pugni nel ventre, respirando affannosamente e bisbigliando frasi senza senso. Capì che il velivolo sarebbe riapparso nei suoi sogni ancora e ancora: era saldato alla sua anima. Avrebbe ancora e ancora rimescolato realtà e illusione, l'avrebbe ancora e ancora sballottata da un inganno all'altro, e alla fine l'avrebbe consumata. Forse era precisamente quello l'esperimento al quale era stata sottoposta da chi la osservava dal velivolo. Non aveva scampo.

Solo più tardi si costrinse ad andare nel giardino sul retro, e a tagliare e a mozzare fino a che le braccia si indolenzirono e i cespugli furono ridotti a ceppi informi. Non riusciva a mangiare, non riusciva a leggere, la musica sarebbe stata sale sulle ferite. Si disse che non avrebbe mai più preso il sonnifero. Le era insopportabile il pensiero d'essere al guinzaglio di qualunque fosse la detestata e indispensabile sostanza chimica contenuta in quella pastiglietta bianca.

Ma il sonno non veniva. Alla fine della resistenza, pensò che anche un altro incubo sarebbe stato preferibile al vagare stordita per la casa. Si trascinò all'armadietto del bagno e ingoiò la pastiglietta bianca. Non sapeva più cosa maledire: il farmaco, la propria debolezza, la vita stessa. Tornò a letto e finalmente sentì avvicinarsi la misericordia dell'oblio, mentre pregava che non si svegliasse.

Nulla si muoveva fuori tranne il lungo arco del faro di segnalazione.

CAPITOLO
QUATTORDICESIMO

PASSARONO MOLTE SETTIMANE, ricordate solo come casella su casella depennata dal calendario.

All'inizio, più che mai non rimaneva nulla che la legasse al mondo. Non aveva nulla da dimostrare agli altri rimanendo in vita; se si fosse arresa nessuno l'avrebbe chiamata codarda, e non era sicura che le importasse più se chiamava codarda se stessa. A volte, senza neanche prendere il sonnifero dormiva anche di giorno, solo per poter evadere dalla propria mente.

Eppure, dopo quei primi terribili giorni, tornò ogni giorno ad alzarsi e ogni giorno a trovare qualcosa da fare, anche quando era come scavare e riempire e scavare lo stesso fossato, senza sapere da dove le venisse la forza di scavare e riempire e scavare. Faceva ciò che doveva fare, e faceva ciò che voleva fare.

Controllava il faro di segnalazione, si riforniva delle necessità, puliva la casa e curava il giardino.

Come s'era ripromessa tante volte, fece il giro di tutti i negozi alla sua portata e prese solo articoli inessenziali, quegli articoli inessenziali che erano anzi essenziali, perché gli esseri umani avevano sempre apprezzato il bello: una cornice d'argento per la sua stampa, una ghirlanda di bacche di seta rossa per la sua porta, un cuscino ricamato a mano per la sua sedia a dondolo. Combatteva la sconfitta anche nelle piccole cose, come quando mangiava da un piatto invece che da un barattolo. La parola "invece" era adesso ciò che continuava a farla respirare.

«Ti vogliamo bene, tesoro. Stai forte.»

Un pomeriggio la video camera l'allertò: erano i delfini, venuti nuovamente a giocare nel sole al capo estremo dell'insenatura, come amati parenti che tornavano a visitarla. Li osservò estatica, dimenticando ogni altra cosa.

Spesso decideva di andare alla biblioteca e di leggere là, alla luce della torcia elettrica. Amava l'odore familiare di quel luogo: carta stagionata, mine di matita, inchiostro. Era il tempo che trascorreva più veloce, che non l'annoiava mai. Chi aveva scritto i libri non avrebbe mai immaginato che un giorno ci sarebbe stato un solo lettore; ma sapeva che finché lei leggeva i loro libri, le loro parole vivevano. Ogni libro era un mondo. C'era tanto da imparare.

Pensava al velivolo grigio argento solo quando andava a controllare il faro di segnalazione e la video camera. Le ci era voluto molto tempo, ma alla fine era riuscita a relegarlo in un angolo della mente. Era o quello o permettere che la distruggesse. La tentazione più forte era di smettere di contare i giorni, di lasciare che il tempo la annegasse in un pozzo nebuloso di albe e tramonti senza numero. Non smise di contare i giorni.

Poi un mattino il suo calendario disse che era il primo giorno di primavera. Lo sapeva già; la primavera per lei era adesso il sentore dell'aria, il moto del vento. Quel mattino s'alzò, controllò il faro di segnalazione e la video camera, si lavò e preparò la colazione. Poi si fermò davanti agli scaffali della sua libreria e scelse un libro. Aveva rimosso dagli scaffali tutte le fotografie; un giorno, quando non avrebbe più fatto male, le avrebbe rimesse.

Andò sul terrazzo e si sedette sotto l'ombra screziata dei pini. Il mare era una calma distesa d'azzurro rilucente nel sole del pomeriggio. Le giornate si stavano facendo più lunghe, la luce più vigorosa. L'inverno era passato, e lei lo aveva superato. Forse bastava.

Pensò ai delfini che giocavano nell'insenatura, i loro agili corpi che s'inarcavano rispecchiando l'uno le movenze dell'altro in un'incantevole danza. Sapeva perché non avrebbe mai potuto vivere lontana dal mare. Il mare era vasto e pieno di segreti. Era il luogo natale della vita, ed aveva custodito la vita. Se due della specie erano sopravvissuti, altri erano sopravvissuti, e se la specie era sopravvissuta, altre specie erano sopravvissute. Non era l'unico custode del pianeta.

Si sedette e aprì il libro. Era un regalo di compleanno che suo padre le aveva fatto quando lei era molto più giovane. Dentro, suo padre aveva scritto una citazione di uno degli autori da lui preferiti: «I libri parlano anche quando sono chiusi. Beato chi riesce a sentire il sussurro delle loro voci.» Spostò il segnalibro e cominciò a leggere.

Qualche tempo dopo udì un suono che le ricordava il gracchiare lontano di un corvo. Alzò gli occhi: era il velivolo grigio argento — reale come lo aveva visto la prima volta, più vicino di come lo aveva visto la prima volta, e questa volta diretto verso di lei. Trattenne il respiro mentre il velivolo sorvolava la scogliera, poi si librava al di sopra dei pini, poi atterrava con un brusio di motore.

Il brusio si spense; il portello s'aprì. Emersero due braccia, poi altre due, poi due gambe, poi altre due, poi due volti.

Umani.

Sentì che la chiamavano per nome. S'alzò e andò a dare loro il benvenuto, con il libro in mano.

SULL'AUTORE

Flavia Idà è nata e cresciuta in Arena di Calabria, Provincia di Vibo Valentia, e ha studiato Lettere Classiche e Moderne all'Università Federico II. Ha insegnato Lingua e Cultura Italiana in varie scuole della Bay Area. Abita a Pacifica, a pochi chilometri a sud di San Francisco. Per ulteriori informazioni sull'autore e le sue opere visitare il sito *flaviasvoice.com*.

POTREBBE PIACERVI ANCHE

IL FERRO E IL TELAIO

di Flavia Idà

Quante volte, si chiese, aveva tessuto assieme stoffa che la sua spada aveva poi spaccato a meta` assieme alla carne che essa ricopriva?

Disponibile dalla Casa Editrice Paper Angel Press in
edizione rilegata, tascabile ed elettronica
paperangelpress.com

www.ingramcontent.com/pod-product-compliance
Lightning Source LLC
Chambersburg PA
CBHW020639130626
46552CB00003B/1312